JN115731

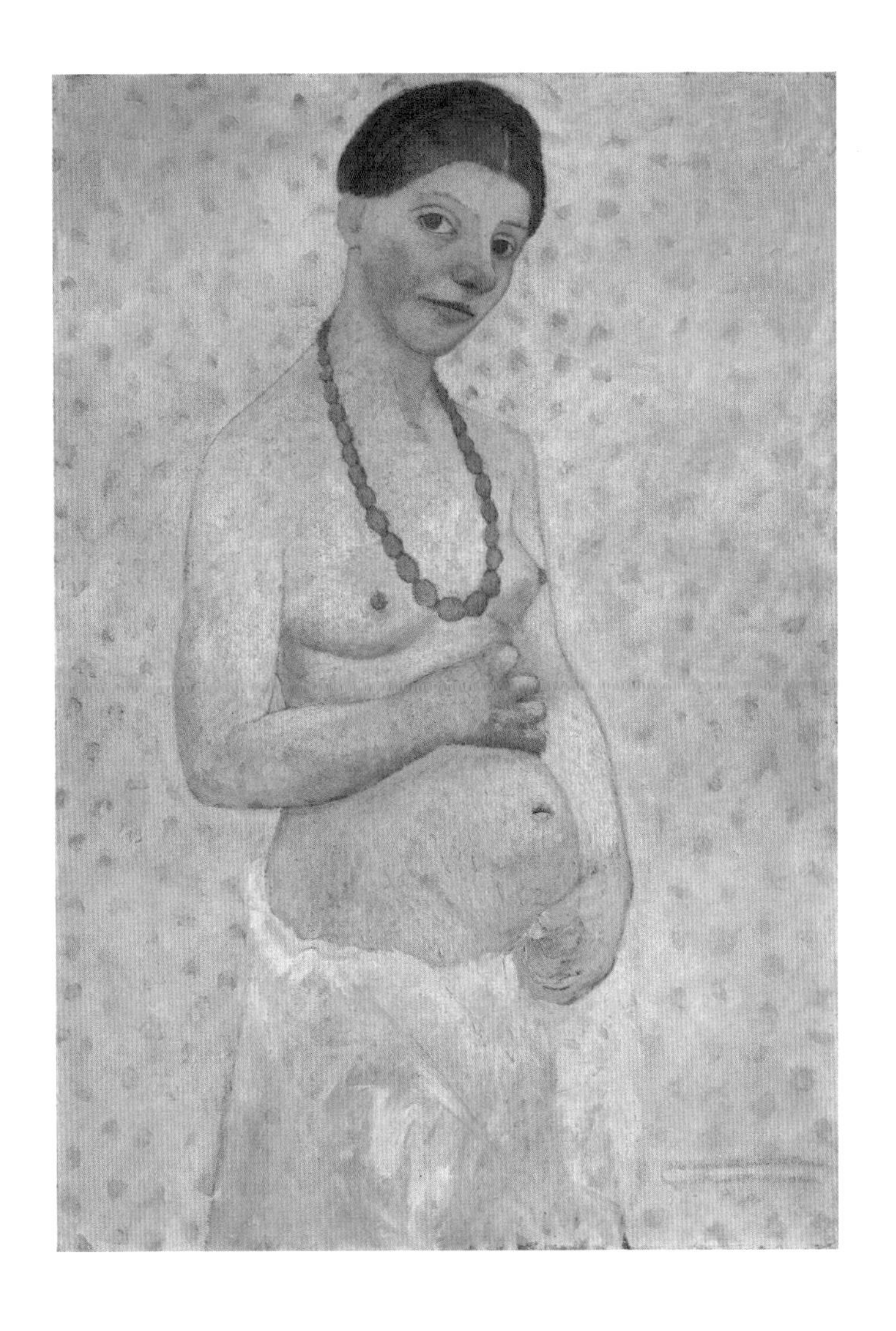

《六回目の結婚記念日の自画像》　パリ　1906年5月

《胸の前で指を広げる少女の肖像》　ヴォルプスヴェーデ　1905年

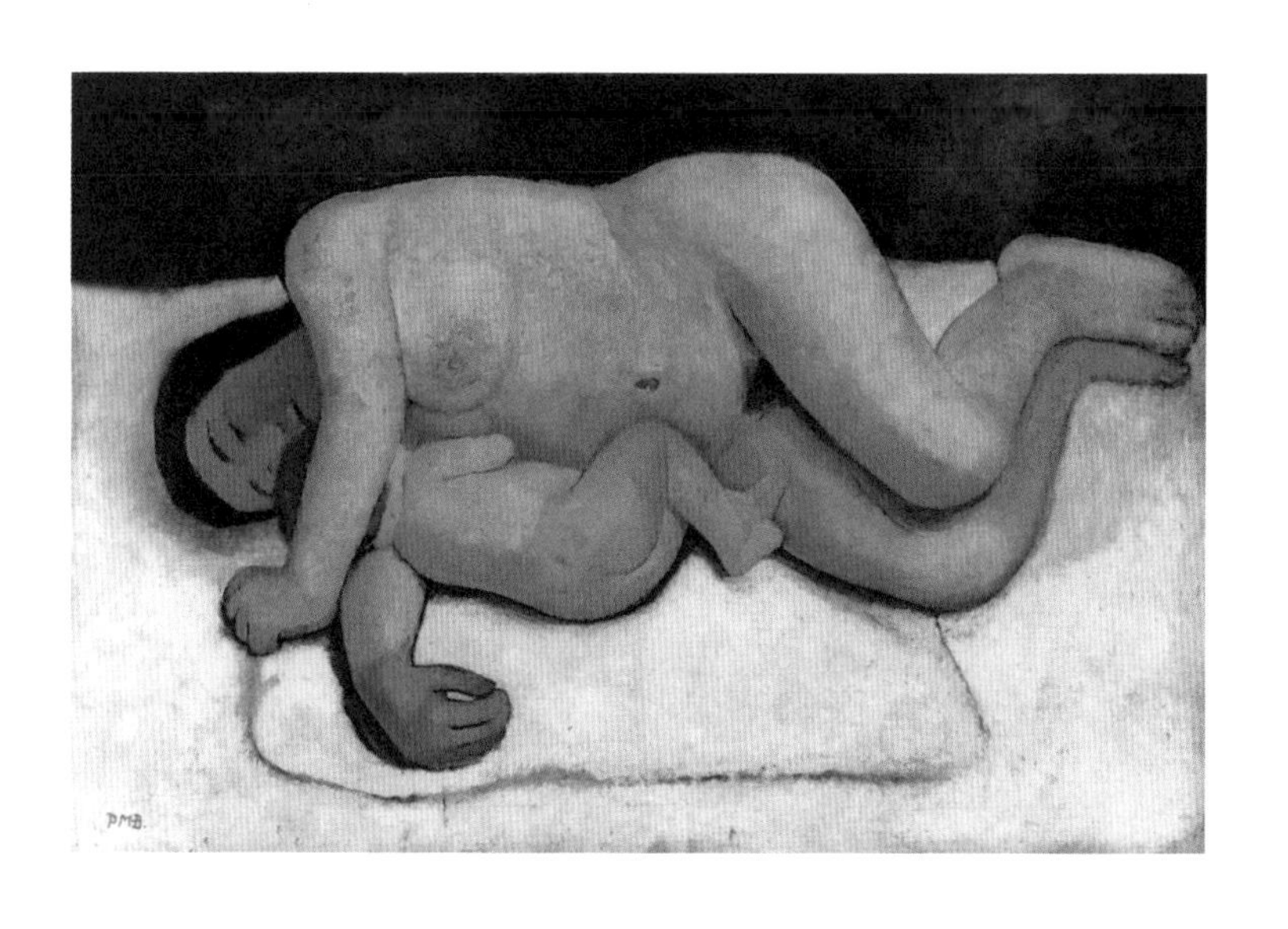

《横たわる母と子》　パリ　1906年

《ライナー・マリア・リルケの肖像》　パリ　1906年5/6月

Être ici est une splendeur

Vie de Paula M. Becker

Marie Darrieussecq

私は私、そして私はもっともっと私になるように望む。

Je suis Moi, et j'espère devenir Moi de plus en plus.

Tokyo University of Foreign Studies Press

T/G
Trans Garde

ここにあることの輝き

パウラ・M・ベッカーの生涯

マリー・ダリュセック

荒原邦博 訳

東京外国語大学出版会

Être ici est une splendeur
Vie de Paula M. Becker

目次

「ここにあることは、ひとつの輝きである。」

リルケ『ドゥイノの悲歌』

I

彼女はここにいた。地上に、彼女の家に。

彼女の家では、三つの部屋を見学することができる。部屋の入口は、赤いビロードのロープで仕切られている。イーゼルのひとつには、彼女の最後の一枚、ヒマワリとタチアオイの花束を描いた油絵の複製。

彼女は花ばかり描いていたわけではない。

鍵の閉まった灰色のドアがどこかの階に通じていて、私はそこに亡霊たちがいるのではないかと思っていた。そして家から外に出ると、彼ら、パウラとオットー、モーダーゾーン＝ベッカー夫妻の姿が目に入ってきた。亡霊ではなく、怪物で、当時の装いをし、極めて悪趣味な様子で彼ら死者たちの家の窓辺に、通りの上に、私たち生者の頭上にいた。蠟細工のマネキンが一組、醜悪な二つの頭をもたげて、この黄色くかわいらしい木の家の窓辺にいた。

*

ぞっとさせるものが輝きとともにそこにあり、ひとつの生涯がひとつの物語であるとすれば、その物語の、人をぞっとさせるものを避けて通らないようにしよう。ぞっとさせるものとはすなわち、来るべき作品と生後十八日の赤ちゃんを抱えて、三十一歳で亡くなることだ。

そして彼女のお墓、これにもぞっとさせられる。場所は観光業に浸りきった村、ヴォルプスヴェーデだ。北ドイツのバルビゾン。友人の彫刻家ベルンハルト・ヘトガーが、碑を造った。花崗岩とレンガの大きな墓碑（ステラ）。半裸で、横たわる、実物よりも大きな女性がひとり、彼女のお腹の上に座る赤ちゃんがひとり。まるでこの赤ちゃんも亡くなっているかのようだが、赤ちゃんは亡くなってはいない。マティルデ・モーダーゾーンは九十一歳まで生きた。墓碑は造られてからというもの、時間と、ヴォルプスヴェーデの風と雪に痛めつけられている。

　パウラ・モーダーゾーン＝ベッカーは、亡くなる五年前の、一九〇二年二月二十四日、日記にこう書いていた。「自分のお墓のことをよく考えていた……　お墓の上に塚は要らないだろう。長方形をしていて、まわりに白いカーネーションがあるだけでいい。そしてまわりにはさらに、砂利を敷いたささやかな小道があり、その道を縁どるのもまたカーネーションで、またごく簡素な木の格子があり、そこにバラをたくさん咲かせることができるようにする。そして、みんなが私のところに詣でることができるように小さな門扉がひとつと、みんなが座れるように、奥には落ち着いた小さなベンチがひとつあるといいだろう。それはヴォルプスヴェーデの私たちの教会の墓地にあり、墓地のもう一方の端ではなくて、野原に面した垣根に沿った古い一角のほうにあるだろう。またたぶん、私の墓石の先のほうには二本の背の低い杜松（ねず）があり、そしてこの二本の木の間には、日付もほかの言葉も添えずに私の名前だけが記された小さな黒い木板がある。まさにこんな風に事が運んでほしいものだ……　そして、みんなが生花を供えられるように、鉢がひとつあるとい い、と私はたぶんまた望んでいる。」

彼女に会いに来る人々は赤ちゃんの膝の間に花を供える。確かにバラの木と、そして小灌木がある。花崗岩に彫られた墓碑銘の真ん中には、ＧＯＴＴの語が大文字で浮き出ている。ドイツ語を話す男の友人によるとそれは聖書の一節、ローマの信徒への手紙の八章二十八節だ。「神（DIEU）を愛する者たちには、万事が益となるように共に働く。」彼女はニーチェを読むとき以外は、決して神の名を引き合いに出すことはないのであるが。

お墓のことをこうして前もって考えること。二十六歳で、そこまで奇妙なことだろうか。オットーはひとり目の若い妻を亡くしていた。二人目の若い妻はこの男やもめと所帯を持つにあたって、胸を刺すような苦しみを覚えたりしないだろうか。「ある日彼が愛しい人と呼んだ女性のお墓に、私はヒースを供えた。」

パウラの「虫の知らせ」は、彼女をロマン主義的な人物として類型化した。乙女と死だ。

うら若き年頃で、頭の中にある絵を言葉で描き出す際、彼女はダンスや葬儀を眩い白と和らいだ赤で塗ることにためらいを覚える……「そして、死んでしまう前に、恋が私にしっかり花開いてさえくれたら。そして、三枚の素敵な絵が描けたら、それで私は満足して、髪に花をあしらってあの世に行く。」

＊

パウラは永遠に若い。彼女については、十二枚ほどの写真が残っている。

小柄で、細い。丸い頰。そばかすがいくつか。ふんわりしたシニョンで、真ん中分け。

「フィレンツェ風の金髪で」、とリルケは言うだろう。

親友クララ・ヴェストホフは、一八九八年九月に彼女たちが出会った思い出を書いている。「彼女は、引っ越しのために修理してもらったばかりの銅製のポットを膝に乗せていた。彼女はそこにいて、モデル用のスツールに腰掛け、私が作業するのを、じっと見つめていた。ポットは彼女の豊かな美しい髪の色をしていて（……）、髪と好対照をなすのは軽快に、きらきら光る顔で、そこにはかわいらしく反り返り、ほっそりと描かれた鼻があった。彼女は歓びの表情をして水面に浮き上がるように頭を上げ、黒味を帯びた輝く瞳の奥から、聡明に嬉々として人を見つめていた。」

＊

一九〇〇年八月のとある日曜日、二人の友は一緒にいる、それは夕方のことで、パウラは読書しようとしていたものの、しばしば眼を上げる、陽気はいやになるくらい暖かくて、人生はいやになるくらい甘美だから、踊りに行かなくちゃだめ。でもどこへ。二人の若い娘は、袖の短い白いドレスに身を包み、ウエストをきゅっと締め、踝（くるぶし）まで隠して、人気（ひとけ）のない村を当てもなく歩く。ヴォルプスヴェーデの上の空は赤い。教会のある丘が真っ平らな土地を見下ろしている。ふとした思いつき——彼女たちは鐘楼によじ登り……紐を摑み、大小の鐘を鳴らす。

大騒ぎだ。小学校の先生が駆けつけ、彼女たちの姿を認めて逃げ去る。二人のブルジョワ娘、二人の芸術家だ！　牧師が息を切らして、鋭く叫ぶ。「神聖にして不可侵！」教会の中に小さな人だかりができる。パウラのアトリエの大家ブリュニェス家の人々はアリバイをでっち上げる。「ヴェストホフ嬢（フロイライン）とベッカー嬢（フロイライン）ですって？　ありえません。彼女たちはブレーメンにいましたよ！」小作人マルティン・フィンケは、五スー払ってでもそこにいたかったと言ってのける。そして台所わきの小部屋でジャガイモの皮むきをする背骨の曲がった小柄な女は、手柄話を聞いて笑い転げる。

ここにあるのは、一九〇〇年八月十三日の、母親宛てのパウラの手紙だ。これほどすばらしく、またこれほど陽気な手紙を母親に書いているとは、どれだけ母親のことが好きだったのだろう。彼女は文章に木炭によるデッサンを添えている。小柄なブロンド娘の彼女は、上腕二頭筋を張り、お尻を後ろに突き出して、巨大な鐘にしがみついている。大柄な茶色の髪の娘クララは、腰に拳を当てて、大笑いしている。オットー・モーダーゾーンと結婚することになる娘、そしてライナー・マリア・リルケと結婚することになる娘。若くして亡くなった女性画家と、年老いて亡くなり、そしてさらにいっそう忘れられてしまった女性彫刻家。

クララとパウラはヴォルプスヴェーデで、厳しいフリッツ・マッケンゼンのデッサンの授業で出会った。彼女たちは、勉強と恋愛、誤解という素地があって、親友になるだろう。誤解以上に堅固なものはない。彼女たちが放課後、小さな橇（そり）に乗って、全速力で授業から帰って行くのをごらんなさい。もっと後で、パリにいるのをごらんなさい。学生たちのパーティー用に、パンチ〔洋酒に果汁、炭酸水、砂糖などを加えた飲料〕の瓶を五本とお菓子を二つ、ひとつはアーモンド入り、もうひとつはイチゴ入りのを、彼女たちは用意している。彼女たちがマルヌ川で、ナイチンゲールが鳴くポプラ並木沿いにボートを漕ぐのをごらんなさい。モンマルトルにいる彼女たちをごらんなさい、改宗させようとする修道女に襲われて、笑いながら抵抗している。ロダンを訪ねてムードンの小道を急いで駆け降りる彼女たちをごらんなさい。再びヴォルプスヴェーデで、彼女たちを求める二人の男、画家モーダーゾーンと詩人リルケのまなざしの中にいる彼女たちをごらんなさい。

*

ベッカー一族では、みんながたくさん手紙を遣り取りする。かくして、パウラの日記と少女時代のアルバムに加えて、私たちは数百通の手紙を手にしている。パウラはベッカー家の三人目の子供だ。兄弟姉妹は六人で、七人目の弟もいたが、幼くして亡くなった。父母、伯父叔父たち、伯母叔母たち、兄弟姉妹、少しでも離れるとみんな手紙を遣り取りし、それは家族の義務で、儀礼で、愛の証なのだ。

十六歳のとき、叔母マリーのところで家の切り盛りの仕方を学ぶためにイギリスへ発ったパウラ・ベッカーは、予想よりも早く戻る。予想されていたよりも熱烈に、彼女はデッサンを描き始めたのだ。母親は彼女がそうするのを励まし、授業料を払うために間借人まで置く。そして彼女の父親はそれを決して面白くない目で見てはいないものの、絵は職、教職に就くためでなくてはならない。一八九五年九月、パウラは小学校教員の免状を取った。

でも、彼女はすぐにこちらの仕事を始めたりはしない、そうはしないのだ。叔父のひとりがちょっとした財産を残してくれたので、彼女はヴォルプスヴェーデに身を落ち着け、授業が評判になっているマッケンゼンに全力を注ぎ込む。彼女は身体を描き、表情と手について学ぶ。貧困ゆえの奇形に注目する。そこから感傷的なモチーフを作り上げることはない。彼女は自分の目に見えることを描き、のちにまたパリの人々の身体と彼女自身の身体を描くだろう。彼女は強いコントラストを好み、時々黒い線で縁取りをする。彼女はやがて表現主義の画家になり、そして彼ら、ヴォルプスヴェーデの気難しい風景画家たちはそのことをあまり好ましく思わないだろう。

そしてそのことはまた、クララ・ヴェストホフ（彼女の彫刻はパウラの作品より歓迎された）とマッケンゼンのもうひとりの生徒マリー・ボックと一緒に彼女の最初の展覧会が一八九九年にブレーメン美術館で行われた際、地元の批評家たちのご機嫌も完全に損ねてしまうだろう。アルトゥール・フィトガーとかいう人物は、絵の前で吐き気を催す。彼としては「穢（けが）れなき言葉」で絵について語りたいものの、頭に浮かぶのは書かないほうがよいような「穢らわしい」単語ばかりで、とりわけ「ドイツ民族の真正な芸術の宝庫」に比べて「おそろしく遺憾な」この展覧会に「ひどく侮辱された」。地元の著名な芸術家のひとり、カール・フィンネンのほうは、少なくとも「騎士道精神に則ってこのヴォルプスヴェーデの可哀想なご婦人たちに」門戸を開くことにした美術館の選択を努めて擁護している。

可哀想なご婦人は、この年、イプセンの戯曲とマリ・バシュキルツェフの日記を読む。彼女のようにパリで暮らすのを夢見る。村でモデルを立てて描く。オットー・モーダーゾーンあるいはハインリヒ・フォーゲラー宅の、芸術家たちの夜のパーティーに招かれる。フォーゲラーがギターを片手に「黒人の歌」を歌い、みんなが踊る、そしてパウラは、緑のビロードの新しいドレスがうっとりするほど自分に似合っていること、また何人かの男たちが彼女から目を逸らさないことを知っていて、日記にそのことを書いてから眠りにつく。

*

私はそれをどう呼んだらよいか分からない。私は、恋に落ちると言うべきかどうか分からない。

パウラ・ベッカーはオットー・モーダーゾーンのほうに滑っていく。

彼女はまず、一八九五年、ブレーメンのある展覧会で彼の絵を見た。彼女は絵の「真正さ」を評価するが、ただそれだけだ。初めて本人に会ったとき、彼女はこう言っている。「何か大きなもの、茶色のスーツを着て、赤毛の髭をたくわえている。眼には優しさと感じのよさ。彼の風景画は深い、深い印象をもたらす——秋の太陽は灼けるようで、またメランコリック。彼、このモーダーゾーンのことをもっとよく知りたいものだ。」彼女は、ヴォルプスヴェーデで人と親しくなるのにいささか苦労している。なるほど、彼女よりわずかに年上の感じのよい画家、フォーゲラーがいるものの、もうひとりの画家フリッツ・オーヴァーベックは彼女につれなく当たる。「モーダーゾーンはその反対で、私はとても魅力的だと思う。彼は気持ちがよく、気さくに接してくれる、そして彼の性格の中には一種の音楽があって、私は自分の小さなヴァイオリンをその音楽に合わせることができる。彼の絵さえあれば、私を惹きつけるにはもう十分だろう。それは優しい夢想家だ。」彼女には彼の意見が大切だ。そして、十一歳年上のこの男のことを彼女がしばしば語る相手は、自分の父親である。そしてまた「十七センチ背が高く、人を思いやる大きな力があり、先の尖った赤毛の髭を持ち、真面目で、ほとんどメランコリック、それに上機嫌な性格も備わっている」。これは彼女の父親そのものだ。それはまた写真からも分かる。額と鼻、髭が似ていて、まるで透写(トレース)してデッサンしたかのようだ。

パウラが妻のモーダーゾーン夫人(フラウ)に触れているのは、母親宛ての一通の手紙の中だけだ。「勘が鋭く、感受性豊かな、小柄な女性」。そして、パリに発つに際して、本を返すという口実でパウラからオットーに送られた何通かの手紙が便宜上夫妻宛てになっているとしても、彼女は彼に、彼ひとりにだけ、またお会いしたいという極めて大切な望みを書き送るのだ。

*

パウラはアルトゥール叔父からの贈与をパリでの勉強に使うことに決める。父親は心配する。一九〇〇年七月五日の日記。「今日お父さんが手紙を書いてきて、家庭教師の職を探すべきだと言っている。午後はずっと砂地とヒースの上に寝そべったまま、クヌート・ハムスン〔一八五九―一九五二。ノルウェーの作家〕の『牧羊神（パン）』を読む。」

一九〇〇年。世界は若々しい。クヌート・ハムスンは鳥たちと夏の恋、草の芽生えと大きな森について書く。『飢え』の天才作家はまだ、自分のノーベル文学賞のメダルをゲッペルスに贈ることになるナチ党員ではない。そしてニーチェはまだ、おぞましい連中に骨抜きにされていない。**牧羊神（パン）**〔ギリシャ神話の半人半獣の神。叫び声は人々に恐怖心を抱かせたという〕の君臨、**自然**、今の時を、人は信じることができる。

一九〇〇年。すべては一九〇〇年に起こる。パウラは兄のクルトに書いている、何年もの眠りと夢想の後で、私は開花した。そして、この成長はたぶんあなたたちにショックを与えた、あなたたち、家族に。でも、成長はよいものを引き出してくれるはず。あなたたちはきっと喜ぶ。私を信用してくれなくちゃだめ。

ブレーメン＝パリ間は、電車で十七時間だ。パウラは婦人用のコンパートメントをキャバレー女優クレール嬢と一緒に使う。廊下に立っている彼女の同僚、「黒人種の特徴を備えた若い男」が、パウラのせいで中に入りかねている。でも、彼女が「ドイツ人の厳しいまなざし」を注ぐ中、彼らはとどまることなく喋り、歌い続けた。

紋切型が、込み入った世界を描き出すのを助けてくれる。フランス人は軽薄で無感動、汚くて才気煥発だ。ドイツ人は対照的に、正直で真面目、清潔好きで鈍い。パウラはアカデミー・コラロッシに登録し、そこではパリの女のクラスメイトたちが、ロダン、この生ける神に厚かましくもちゃらちゃら取り入ろうとする。こんなに美しいというのに！「彼女たちは単に、もっと深みのある言うべきことがほかにないのだ。」

カミーユ・クローデルはコラロッシにいた生徒で、モディリアーニの愛人ジャンヌ・エビュテルヌもまた、そこに登録することになる。ここでは、女子学生たちはヌード・モデルを描く権利を手にしている。(★)女性モデルは一糸まとわぬ姿でポーズをし、男性モデルはパンツを着ける。「残念ながら」、とパウラは両親に書いている。「こうしたモデルはみんな「ポーズ屋気取り」です。姿勢の種類は半ダースほどあって、しまいにはいつもまた同じ姿勢の繰り返しになります。」パウラは、白ブリーフをぴっちりとはき、腕組みをし、顎を上げた意気揚々とした口髭男を描く。裸でも、男はパリ風だ。

彼女はまた、国立美術学校(エコール・デ・ボザール)で解剖学の授業を取るが、美術学校(ボザール)では、一九〇〇年に女子に門戸が開かれたところだった。(★★)たくさんの外国人女性たち、アメリカ人、スペイン人、

★ マリ・バシュキルツェフが画学生だったアカデミー・ジュリアンも男女共学で、唯一の違いはヌード・モデルのいる授業が女子向けと男子向けに分かれていることであった。私には分からない何らかの理由で、これらの授業への登録料はすべて、女子は男子の二倍であった。

★★ 彫刻家エレーヌ・ベルトーと画家ヴィルジニー・ドモン＝ブルトンの粘り強い働きかけによる。

イギリス人、ドイツ人、ロシア人が登録している。彼女たちの母国には同等のものが見当たらないからだ。（国立医学校（エコール・ド・メドシーヌ）から提供された）死体のせいで頭痛に襲われるものの、パウラはこれらの授業は貴重だと評価する。膝というのがどういうものなのかようやく分かった、と彼女は両親に書いている。彼らのほうは、彼女がパリに発つのを認め、大いに自由な精神の持ち主であることを示している。イギリスの画学生キャスリーン・ケネットは、一九〇〇年にいくらか皮肉を込めて書いている。「二十歳の若い娘がパリに美術の勉強をしに発ったということは、取り返しのつかないほどに堕落したというのと同じことだった。」いずれにせよ、「女性のほうが困難だ」とパウラは感じている。彼女たちに期待されているのはかわいく魅力的な絵で、それに対して男性はやんちゃをする権利を持っている。そして、かくも美しいこのパリは、かくも堕落している！　アブサンのおぞましい悪臭、いたるところが不潔、そして玉ねぎのような顔立ち。父親は彼女に、夜は決してグラン・ブールヴァールを散歩しないでほしいと懇願する。「だってそこで目に入ることは美しくないからね」。

彼女の部屋はブールヴァール・ラスパイユにある。広さは、縦がベッドひとつ分、横がひとつ半。花柄の壁紙。暖炉、パラフィンオイルランプ。クララ・ヴェストホフがお隣さんで、彼女はロダンのところに来て勉強している。最初に買ったのは、マットレス。二番目は、ほうき。ありとあらゆるものをごしごし磨き、掃除する。三十サンチームで、毎週日曜日に家政婦が来てくれることになる。パウラは端材で器用に家具を拵え、クレトン織りの綿の布をそこに掛ける。花はここでは信じられないくらい安くて、クロッカスとミモザの花束も、バラ八本も五十サンチームだ！ 彼女は一フランで食事ができる簡易食堂を見つけるものの、量はたっぷりとはいかない。彼女は痩せてしまう。六十サンチームの赤ワインを一本飲めば、鉄分が取れる。両親はまた、彼女に鉄剤を送る。

ルーヴル美術館。ホルバイン。ティツィアーノの絵。ボッティチェリ、その大きなフレスコ画、流れるようなドレスを纏った五人の若い女たちが、彼女の「心をすっかり軽く」する。そして、フラ・アンジェリコ。彼とともに、聖人たちの集いの中に入る。そして外では、青あるいは金色の靄がかかったセーヌ川を眺める。河岸には大道芸人たち。露台を大きく開いた古本屋。画廊のコローとミレー。右岸の画商ヴォラールのところには、クラに見せなくてはならないものがある。重ねて壁に立てかけられたカンバスを、自信をもって裏返す。ここには、と彼女は言う、新たな簡潔さがある。セザンヌだ。

パウラはたくさん、またいたるところを散歩する。乗合馬車は巨大で、三頭立て(トロイカ)で牽(ひ)かれている。ほかの繋駕(けいが)の仕方は「縦列二頭立て(タンデム)」で、一列になった馬たちは極めて画趣をそそるので、彼女はそれを素描する。だけど、この上なく常軌を逸しているのは、パリの住人たちだ。前代未聞の帽子、見たこともないような色、そしてカリカチュアの人物のごとき装いの芸術家たち、ビロードのスーツ、ゆったりした巨大なネクタイ、肩マントにトーガ〔古代ローマ人の平服〕まで、ぼさぼさの長髪、そして女たちは髪の毛で信じがたいものを拵(こしら)えている。そして、ビュリエのダンスホールでは、お針子や洗濯女とごちゃ混ぜになった学生たち、大きな帽子、絹のドレスと開襟ブラウス、そして自転車用の膨らんだズボンまで！

*

二月は彼女の誕生日で、彼女はクララとコラロッシの画学生たちと一緒にそれを祝う。プレゼントは、巨大なオレンジがひとつ、スミレの花束が一束、かわいい花瓶に入れたヒヤシンスの球根がひとつ、そしてシャンパンのハーフ・ボトルが一本！

万国博覧会がじきに開幕するので、家賃が急騰する。「ほぼ同じ」金額で、彼女はカンパーニュ・プルミエール通り九番地の、より広く清潔なアトリエに引っ越す。その理屈が父親には少し呑み込めず、出費を心配するものの、ストーブもバターも決して節約しないでほしいと娘に懇願する。そしてとりわけ、仕事をしすぎないようにと頼む。「それでは馬鹿になってしまう。人というのは四六時中働くようにではなく、また人生を味わうように作られていて、そうして生き生きと感受性を豊かに保つことができるんだ。」

アカデミーのコンクールで優勝したのは、パウラだ。四人の教授全員が彼女に投票した。彼女は、感動的でおどけた自分の姿をデッサンした一枚の絵葉書を両親に送る。受賞メダルを首に掛け、手には絵筆とパレットを持ち、背景にはセーヌとノートルダム。「生活は勤勉、そして充実していて美しい。」けれども、彼女は自分の絵の中で乗り越えられない何かにぶつかっている。意気消沈した日々を過ごす。ここに来て四か月になる。彼女は街の中を、「パリという膨大な個性の中を」彷徨う。パリは引き裂かれて、ドレフュス事件からちょうどまさに抜け出しつつある。でも、パウラはそのことについては語っていない。彼女は建設中のサクレ＝クール寺院をとても美しいと思っているが、パリ・コミューンについてはひと言も述べない。サラ・ベルナールを見かけ、『シラノ・ド・ベルジュラック』をあまりにもフランス的すぎると思い、『マタイ受難曲』の演奏会を聴く。

そして彼女はオットー・モーダーゾーンに長々と手紙を書く。春にここで暮らす歓びと、快楽を好むフランス人たちについて語る。「私たちドイツ人は、こんな風に自分のことを甘やかした後では、心の二日酔いで死んでしまうでしょう。」パリの住人たちは彼女によれば、口先に恋という言葉しか出てこない。でも、私はそれに心を乱されたりはしない。どちらにしても、私には分からない。ドイツ人であること、簡素でより優れているのは何とよいことか！　とにかく、私はあなたからひと言お返事がもらえればとっても嬉しいでしょう。

親愛なるベッカー嬢（リーベス・フロイライン・ベッカー）！　オットーは親愛なるベッカー嬢に、「身も心も」、芸術家としても女性としても、すべて最善のことがあるよう望む。彼は彼女に、自分自身の引っ越し、カンバスでいっぱいになりすぎたアトリエのことを語る。ルーヴルにターナーの絵があるのなら、それらの色彩を僕に言葉で描写してもらえないだろうか。僕は写真でしか知らないから。

「モネはお好き?」いや、オットー・モーダーゾーンはモネはまったく好まない。ピュヴィ・ド・シャヴァンヌのほうがはるかに好きだ。モネは光線の角度と変化にしか興味がない。「正確に時間を計って描かれた」その絵には彼、オットーはまったく関心が持てないし、自分は沼地で長時間描き続ける。たしかにフランスの芸術も好きだけれど、僕がそれより好むのは、倦むことなく自分自身の仕事に立ち戻ることだ。「なぜなら、ドイツ人であること、ドイツ人として感じること、ドイツ人として考えることは大きな喜びだからだ。」

*

一九〇〇年。ドイツは広大だ。西から東へ、帝国はヨーロッパの中心に、アルプス山脈からバルト海、ヴォージュ山脈からズデーテンの間に広がっている。アルザスとロレーヌ地方は、現在のチェコ、スロヴァキア、ポーランドとともにドイツ領だ。一八九三年にジュール・フェリーは、遺書にこう書き記している。「敗者たちの胸に迫る嘆き声が忠実な私の心までそこから昇って来る場所、ヴォージュ山脈の青い稜線と向かい合って」埋葬されたい、と。

けれども、パウラはパリでとても歓迎される。嫌われていたのは、イギリス人だ。フォト・ジャーナリズムが発明されたばかりで、そして強制収容所の画像が流布するが、この語もまた新しい。南アフリカの収容所では、イギリス人がボーア人を餓死させている。そこでは二万二千人のボーア人の子供――二万二千人の白人の子供が亡くなるだろう。パリの通りで、パウラはイギリス人と間違われて侮辱される。そこで若いサクソン娘はドイツ語で喋ってみるものの、「人々は私がドイツ人のふりをしているとまだ思っている」。

一九〇七年の早すぎた死のおかげで、パウラは来るべき殺戮に悩まされずにすむ。ゴーギャン、セザンヌ、税関吏ルソーは、一九〇三年、一九〇六年、一九一〇年に亡くなる。でも、彼らのほうは長く生きたし、また自分たちの創作を遠くまで導いて行ったのだ。

*

パウラは二つの世紀の間の泡（あぶく）だ。彼女は描く、急いで、輝きのように。

ハインリヒ・フォーゲラーはパウラに、あなたがいないと村での生活は気が沈んで仕方ない、と書いている。ヴォルプスヴェーデ、陰気な平野。彼によれば、コロニーの芸術家はそれぞれこもって、一風変わった様子で暮らしている。「視野が狭まり、各自が自分ひとりのソファに座り、ちっぽけで窮屈な感情を不安げに守っている。」オーヴァーベック夫妻は、彼らの秘密の内に閉じこもっている。仏頂面をして沈痛な様子で挨拶するハンス・アム・エンデ、「しかもそれが僕のお隣さんときた!」。そして、モーダーゾーン、優しいけれど、奥さんの健康状態にまったく気づかない。ヘレーネ・モーダーゾーンは咳をして、弱っている、彼女は最近出産し、さらに事態は悪化した。

ハインリヒ・フォーゲラーは、ブレーメンの裕福な金物製造業者の息子だ。彼は、ラファエロ前派趣味で絵を描くこと、そしてヴォルプスヴェーデのアール・ヌーヴォー様式の見事な邸宅、バルケンホフを整えることに遺産を注ぎ込む。やがて彼は共産主義者になり、邸宅を孤児院に造り替え、社会リアリズム風に描き、そして、最初の妻が共同体で暮らすのに耐えられなくなった後で、アナーキストの女性と結婚する。ナチズムと闘い、ソビエト連邦に旅立ち、独ソ不可侵条約の破棄にともなってもはや帰国が叶わず、そして、二〇世紀の屠殺場を貫くあの荒々しくも理に適った道筋のひとつを辿って、彼は一九四二年、カザフスタンの政治犯収容所で飢えと憔悴のため亡くなるだろう。

＊

パウラが一九〇〇年五月にモーダーゾーン夫妻に宛てた、長い、とても長い手紙は、たまらなくおかしい。「私は言わなくてはいけないの、そうする必要があるの、それだけよ。」二人は即刻、パリに来るべきだ。万国博覧会を見ること。それは「びっくりするほど、すばらしい。」彼女はそこに昨日も、そして今日も行ったし、明日も行くだろう。驚異の数々。あまたの国々。これはオットー、色彩にとても敏感なあなた向けだわ。親愛なるモーダーゾーン夫人、あなたがご病気なのは存じています、このぞっとする冬の大変な流感、大変な風邪、けれども、あなたがこうした旅行ができないのならば、あなたの夫を送り出してください。もちろん彼はいやだと言うでしょう、あなたと一緒でなければ出発する気にならないでしょう、けれども、毅然として、引き下がらないでください。一週間もあれば十分です。彼は生き生きとした印象で満たされて、あなたの元に戻るでしょう。

それに、準備はすべて整っています。住むところ、費用、一フランの食事。そして、フランスの画家たち！　オットーの作品がここで展示されていないのは、なんて残念なことでしょう、というのも、パウラは彼の将来に並外れた希望を抱いているからで、「こんなに正面切って、あなたにそのことを言ってごめんなさい。」そしてモンマルトル！　そして花咲く春！　そしてルーヴルの彫刻ギャラリー！　そしてロダン、この巨人！　そして飾り提灯の下でのハンガリーのオーケストラ！　そしてエッフェル塔、そして観覧車！本当にパリ、これこそが都会です。モーダーゾーンさん、返信で、来るとお返事してください！

「そう、あなたは来るべきです。
あなたのパウラ・ベッカー。
ですが急いで、暑くなりすぎないうちに。」

＊

「あなたの手紙は、親愛なるパウラさん、まさに大旋風を巻き起こしました。」

オットーは承諾しない。理由は、現代風の人々だ。彼はヴォルプスヴェーデにとどまって、彼らの影響に身を晒さないようにしたいと望む。「つまるところ、ここ、この落ち着いた田舎での僕たちの生活は魅力的で、現代のこうしたいかなる動きによっても、僕たちは自分たちの軌道から逸らされることはない。（……）承諾しないよ、僕はここにとどまって、相も変わらず自分自身の中をさらに掘り進めるほうがいい。」

その後で、電信。僕は行くよ。

「親愛なるモーダーゾーンさん、
あなたが来るというので、私は本当にものすごく嬉しい。なんて楽しいことになるでいい、いい、い、いい、いい、しょう。」

仮装舞踏会に行くために髪をカールしてもらうから、もう行かなくちゃ、親愛なるモーダーゾーン夫人（フラウ）によろしくお伝えください、そしてすぐにもバラをお届けすることを約束します。「でも、一番いいこと、あらゆることの中で一番いいことは、あなたの訪問。モーダーゾーン万歳！　うわー！」

＊

六月十一日月曜日、オットー・モーダーゾーンはオーヴァーベック夫妻とマリー・ボックと一緒に、パリに到着する。

六月十四日木曜日、オットーは慌ただしくヴォルプスヴェーデに引き返す。妻ヘレーネが亡くなったのだ。

パウラも一緒に帰ることに決める。「ねえ、お父さん、お母さん、これは私のパリ滞在の実に悲しいおしまいです、そしてヴォルプスヴェーデでこれから過ごすことになる日々もまた悲しく困難なものでしょう。ここ数日、モーダーゾーンと一緒にいて、私はたくさんのものを受け取りました。」

II

一九〇〇年九月。ライナー・マリア・リルケがこのヴォルプスヴェーデという平穏で、ほかから隔絶した芸術の村にやって来て友人ハインリヒ・フォーゲラーを訪問する。彼はロシアから到着し、フランスへ向から旅の途中で、その後イタリアにも赴くことになる。

リルケ、それはヨーロッパだ。彼はプラハで生まれ、やがてスイスで亡くなり、およそ十か国語を操る。ルー・アンドレアス=ザロメと恋に落ち、彼女をとおしてニーチェ、トルストイ、フロイトの知己を得る。彼が書いた唯一の長篇小説の主人公はデンマーク人(すばらしい『マルテ・ラウリス・ブリッゲの手記』)だ。そして逸話によれば、エジプト人女性に贈ったバラの棘に刺されて亡くなったという。（実際には、一九二六年に白血病で亡くなっている。）

芸術家のコロニーにリルケがやって来るのは事件だ。若い詩人が当時とても有名だったからではない。そうではなくて、彼が部外者に閉じられた荒地の新顔だからだ。

村では今や、十二人ほどの芸術家が暮らしている。コロニーの創設者たち、オットー・モーダーゾーン、フリッツ・マッケンゼン、ハンス・アム・エンデが一八八九年にやって来た。ハインリヒ・フォーゲラーが一八九五年に彼らに続いた。カール・フィンネン、フリッツとヘルミーネ・オーヴァーベック、クララ・ヴェストホフ、マリー・ボックがそこに合流する。ほとんどの者は、それほど遠くないところで生まれたからそこにいる。そして、そこが綺麗だからだ。そして、人気（ひとけ）がないから。そして、そこが平坦だから。そして、彼らが風景について、風景の見方について考えを持っているからだ。ヴェドゥータ画法〔十八世紀イタリアの画家カナレットらの手法〕の広大な景観に別れを告げ、彼らはひとつの視点、一隅、一本の木、一軒の家を重視する。

彼らはまたそこが**真正**だからそこにいる。ほぼ手を加えられていない風景の中にいる、貧しく、敬虔な農民たち。沼地、森、空、少し先には砂丘。大いなる青白い光線、北方の太陽、冬には雪、空模様が雷雨の夏。ご婦人たちの白いドレス。隣人たちのぼろ。田舎風のものの中にある繊細さ、バラ色の顔、ブロンド、白磁色。

ヴォルプスヴェーデの画家たちに関する研究の中でパウラについて口を閉ざしていると言って、リルケを責めることもできる。(★) また、パウラがそこまでヴォルプスヴェーデの人間ではなかったと考えることもできる。

ヴォルプスヴェーデで、彼女は樺の白黒の樹皮、沼地の泥炭を描く。パリでは、灰色の光線、マロニエを越える背の高い壁と格闘する。ミシシッピ川の上であれば、木々に緑の髭を生やす、大きな苔の塊のようなウスネオイデス(空気の娘)を彼女は描いていただろう。

★ それを読んだパウラは、「ヴォルプスヴェーデよりもリルケについて多くを」見出す(一九〇三年三月九日)。

*

二〇一四年夏。ハンメ川の上のボート。それはヴォルプスヴェーデの小さな川で、短いがとても幅が広い。グーグル・アースで見ると、それは一匹の大ムカデだ。運河がその岸辺に無数の脚を生やしているのだ。ハンメ川はレーズム川に注ぎ、レーズム川はヴェーザー川に注ぐ。「注ぐ」というのは適切な言葉ではない。水の流れは緩やかで、土が水に溢れ出す。それは川ではなく、運河をまたひとつ、松の森をまたひとつと、農夫たちが整えていった沼地である。

ボートの底にいると、地面は高く、岸には垣根がせり上がり、ポプラは巨大だ。見渡すかぎり空が広がる。木々は宙に飛び上がる。ヴォルプスヴェーデの荒地は、ドイツの中でもわずかに残された人気(ひとけ)のない一角のひとつだ。さらに西に、北海のほうへ行けば、あの紋切型の現代版、風力発電機のある平野があって、そこはすでにオランダのようなところだ。出し抜けに、風車と平地の国〔ベルギーとオランダ北部の平野部を指す呼称〕とたくさんの人たち。ドイツは海で、干拓地(ポルダー)のある風景でおしまいだ。

ブレーメンとパリの間は飛行機で一時間半にすぎないけれど、一九〇〇年にリルケは、「木々のざわめきの下を大急ぎで走る背の高い黄色い馬車で」、四時間かけて四十キロを移動する。

*

ライナー・マリア・リルケとパウラ・ベッカーは二十四歳だ。家庭教師になりたくない若い女が軍人になりたくない若い男と出会う。彼女はパリからやって来て、彼はロシアからやって来る。それは一九〇〇年夏の終わりのこと。彼らは世界の始まりにいる。

「フィレンツェ風の幅広帽子の下で微笑む」、ブロンドの女性画家。

リルケは、友人ハインリヒ・フォーゲラーがその土地のうら若く美しい娘、「気取りがなく優しい」マルタと結婚することに決めたと知ったばかりだ。彼の話を聞いたリルケは、「闘いは終わった」と称賛する。

リルケにとっては、闘いが始まる。ルー・アンドレアス゠ザロメは遠くに離れてしまった。彼はパウラとクララを初めて見る。彼は彼女たち、小柄なブロンド娘と大柄な茶色の髪の娘を、白いドレスを着てダンスが待ちきれない二人の娘を、姉妹だと思い込む。

*

最初の夕べ、パウラを相手に、リルケは荒地の色彩について話す。それらの色彩が彼を苦悩に陥れることについて。黄昏(たそがれ)の空模様について。彼がもう生きてはいけない時について。

ヴォルプスヴェーデでは天気が雷雨のときには、色彩は木々の中に集まる。家々は赤く照り映える。運河の水は、まるでそこで光が生まれるかのように輝く。

画家たちは生きる術を知っている、いつだって、とリルケは思う。苦悩、画家たちはそれを描く。病院にいるファン・ゴッホは自分の病室を描く。画家たちと彫刻家たちの身体は活動的だ。彼らの仕事はこの動きによるものだ。彼のほう、詩人は、自分の手をどうしたらよいか分からない。彼は生き生きとすることができない。

この最初の夕べ、クララが彼らに合流する。彼女は沼地で死と出くわした。ひとりの老女、ひとつの亡霊。穏やかな夜、樺、月、薄暗いアトリエの中のロウソク。クララ・ヴェストホフが一九〇〇年九月のこの夕べに語ったことと私たちがそれについて読むこととの間には、リルケのエクリチュールがある。リルケは毎晩、自分の生活をルー・アンドレアス＝ザロメに宛てた体裁で書き、この長大な一連の書簡は『初期の日記』というタイトルを冠して没後刊行された。リルケはそこでいくつかの国、ヴィジョン、底知れぬ深みを探索する。時間の中に存在しないいくつかの庭。運河に浮かぶ、幽霊たちが乗組員の何艘かの船。

ローマ時代、姦通した女は泥炭の中に乳房を上にして埋葬されたものだ。今日、彼女たちの死体が元のままで沼地で見つかる。泥炭などというひどい代物の中で千年も開いていた口、そして空気に触れての分解、教会で引き取られた遺骸、クララとパウラが黄昏時を祝して鐘を鳴り響かせた教会で……とリルケはルーに書く。

ライナー・マリア・リルケはためらう。パウラ、クララ。彼の心は揺れ動く。好みに合うのは三人だ。それは生涯続くことになるだろう。

パウラは緑色のドレス、モーダーゾーンのアトリエで初めて身に付けたあのドレスを着ている。

赤バラは決して赤くはなかった
雨に囲まれたこの夕べにおけるように。
僕は君の柔らかな髪を長い間夢見ていた……
赤バラは決して赤くはなかった。

茂みはこれほど深緑を帯びることは決してなかった
雨の季節のあの長い夕べにおける以上に。
僕は君の柔らかなドレスを長い間夢見ていた……
茂みはこれほど深緑を帯びることは決してなかった。[★]

クララは白いドレスを着ている。「コルセットのない薄手のリネンの[1]、第一帝政様式のドレス。胸の下でビュスティエをゆるく結んで、縦方向に長いプリーツができている。美しく沈んだ顔のまわりには黒髪が軽やかな巻き毛になってかかっていたが、彼女はその巻き毛を、頬に沿って自由に垂れ下がるままにしていた……」。これは、二度目に会った夕べのことだ。リルケは友人たちに自作の詩を読み上げる約束をしていた。重たいテーブルを窓から外に出して、みんなが座れるようにする。パウラはこの一幕を、「テーブルとの闘い」と名づけ、詩人はこの言葉を記している。だが、この晩「みんなの本物の女王さま」なのは、クララだ。彼は彼女を「目鼻立ちが時としてあまりにも主張しすぎることがあるものの（……）一度ならず美しい」と思う。

三度目に会ったとき、彼はパウラにロシア旅行のお土産を贈り、そのうちのひとつは農民詩人でトルストイの農奴[2]スピリドン・ドロージンの写真だ。いかにも彼女が描くのを好みそうな、精力的な顔立ち。クララは自転車で二人に合流する。彼らはオーヴァーベック夫妻のところで夕食をとり、テーブルでリルケの隣になったのはパウラで、彼が話したのは、たくさん話したのは彼女とだった。そしてオットーに耳を傾けると、オットーは動物

★『初期の日記』におけるリルケの詩、一九〇〇年九月、フィリップ・ジャコテ訳。

たちを喜ばせるのがいかに難しいかを説明していた。どこにでも持ち運んでいる卵嚢（らんのう）をクモから隠すと、クモは慌てふためきます。巣の通り道に嚢を置き直すと、クモはものすごくほっとして、そして驚いてこう考えます、でもここは通ったことがなかったけれど、と。「僕はモーダーゾーンがどんな風にそれを語ったか、決して忘れることはないだろう。彼の大きく見開いた瞳の中にはあの動物の動きをほとんど読み取ることができたし、それに手振りでクモがどうやって嚢を背中に乗せ直すのか見せてくれた」、とリルケはルーに書いている。

　そしてパウラは、彼女の日記は？　リルケは「親切で、顔は青白く（……）、洗練され、優しく、感じやすい叙情の才能、それに感動を誘う小さな手」。彼は、オットーの友人で、まるでレスリングをするかのように議論する背が高くて太ったカール・ハウプトマンと話し込む。詩に乾杯。そして飲む。「夕べの終わりには、二人の男たちはお互いの話を理解できなくなっていた」。同じ夕べについて、リルケは「おどけた振る舞い……ドイツ人の宴会好きの醜悪な結末」に耐えられなかったと書いている。

　リルケは男たちを好まない男だが、ロダンは別で、彫刻家の化身、トーテム〔ある社会集団や個人の標章、象徴として機能するもの」としての男らしさを彼に託すことになる。リルケは女たち、また女たちと一緒にいることを好む。さもなくば――ひとりきりでいることを。ひとりか二人の女のことを考えながら、ではあるが。

＊

一九〇〇年の秋分の夜、クララとパウラは隣人を訪れてヤギの乳搾りをする。魔法の夜。彼女たちは笑い、妖精のようにゆらめく。男たちは、酔って、彼女たちを待つ。パウラがリルケの前に炻器の鉢を置く。ミルクは黒い。

この黒いミルク、それは四十五年後、二つの戦争の後で、パウル・ツェランの一九四五年の詩篇『死のフーガ』の中で一番よく知られたものだ。

明け方の黒いミルク僕たちはそれを夕べに飲む
僕たちはそれを正午にそして朝に飲む僕たちはそれを夜に飲む
僕たちは飲むそして飲む

僕たちは空中にひとつの墓を掘るそこは横たわるのに狭くない

（……）

ツェランは、アウシュヴィッツ解放の三か月後にこれを書いた。偉大な証言、プリーモ・レーヴィの、エリー・ヴィーゼルの、シャルロット・デルボの証言の側に身を置くのが、この詩だ。それを読む男も女も変えてしまうのが、この詩だ。

『初期の日記』は、リルケの死後随分経った一九四二年に、ドイツで刊行された。彼のドイツは、若い娘とバラ、幻想と変容の国だ。リルケはホフマンの継承者であり、彼はまたロシア民話の翻訳者、ゴーゴリの読者で、ルー・アンドレアス＝ザロメに導かれて想像の世界と諸言語の間を旅する。すでに一九三三年七月にナチ作家協会に加盟していたニーチェの妹は、彼女を「フィンランドのユダヤ女(★)」と告発するだろう。一九四二年、それは第三帝国にとって勝利の年、領土が最大に拡張した年だ。出版者インゼルが狙っていたのは何だろうか。ナチの斉唱とは違った声を上げようとして？　あるいは、永遠の、健康で、潑溂とした、異性愛のドイツ、森と処女とバラ園のドイツというヴィジョンを読者にとって強固にするために？

君の金色の髪、マルガレーテ
君の灰色の髪、ズラミート(★★)
(……)

ツェランとリルケの間には一本の子午線が張られている。子午線は地球の上に線を引く。リルケ地点からツェラン地点まで、子午線はドイツの上に橋を架ける。彼らはドイツ語をもうひとつ別のドイツ語に翻訳する。彼らはドイツ語を、ほかの所へ運んで救う。リルケは、チェコスロヴァキアで、ボヘミアのプラハで、一八七五年に生まれた。ツェランは、ルーマニアで、ブコヴィーナのチェルノヴィッツで、一九二〇年に生まれた。リルケとツェランの間には、起こったことがある。ツェランはまさにこのようにして、ヨーロッパのユダヤ人殲滅(せんめつ)を名づけた。一方から他方へと、ドイツでは死が変わったのだ。

★ ルーはロシア出身のユグノー教徒だった。
★★ リルケはクララの女友だちの死に際してこう書いていた。「はるか昔から、マルガレーテ、君はとても若くして亡くなる、ブロンドのまま亡くなる運命だった。」

*

リルケが彼女のアトリエで見たパウラ。「この上なく美しくほっそりと、新たなユリが咲いていた（……）。僕たちがこの永遠の一瞬に辿り着くには、その果てを見ることの決して叶わない、長い道のりが必要だった。僕たちは驚きに震えて見つめ合った、まるで神が向こう側にいるであろう扉の前に、早くも突然行きついてしまった二人のように……僕は荒地に駆け出して、逃げた。」

逃げようとして、リルケはクララに出くわす。「クララのすらりとした体つき、光り輝く緑の葦のように（……）筆舌に尽くしがたく純粋で高貴であるがゆえに、僕たちの誰もがひとりきりになるとこのイメージに捕らえられ、その中に丸ごと沈んでしまった。」

ひとりの女性と出会うこと、それはリルケにとって不思議の中を旅することだ。飛行機よろしく、彼は離陸する。自分より大きな何か――空、美に、彼は摑まれる。彼は高みに向けて落ちてゆく。

パウラ、クララ、ライナー・マリア。ワルツが妖精の輪（フェアリーリング）を荒地に刻み込む。再び地面と接して、リルケは自分が敬虔だと感じる。フロム（敬虔な）。彼のペンとパウラのペンが頻繁に書き記す言葉だ。ひとつの時代、一九〇〇年、彼らの大いなる若さを印しづける言葉。フロム（敬虔な）は風に乗り、ブレーメン出身のパウラによって、プラハ出身のリルケによって、ヴォルプスヴェーデにやって来る。敬虔さ、彼らはその言葉を宗教の檻から逃がし、幼年時代と聖なるものに返す。敬虔さのおかげで、彼らには不可視のものが見えるようになる。

出会いは私たちにサインを書き込む。私たちは芳名帳になる。私たちは、自分たちの愛する者たちから与えられた言葉について語ることを学ぶ。リルケがパウラにまた会うと、「彼女の声は、絹のごとき皺を帯びていた。」

*

パウラはリルケに宛てた手紙の中で、自分たちの時代の文化に注ぎ込まれた死の美学に抗して立ち上がる。「この視点を認めてくださいますよね？　実のところ、私はあなたにすべてを許してくださるようにお願いしているのです。」

＊

私は彼女をパウラと呼び、また彼のほうをリルケと呼ぶ。どうしてもライナー・マリアとは呼べない。でも、とりわけ彼女のことは、どのように呼んだらよいのだろうか。結婚した後の名前、彼女の作品に充てられたカタログの名前に従って、モーダーゾーン＝ベッカーだろうか。ブレーメンにある彼女の美術館に倣って、ベッカー＝モーダーゾーンだろうか。結婚前の名前、父親の名前である処女名に従って、ベッカーだろうか。

「ベッカーという簡潔で実直な名前」はドイツでは平凡な名前だ。パウラ・ベッカーは、父親がベッカーという姓で、パウラと名づけられた娘の名前だ。

女たちは姓を持たない。彼女たちにあるのは名だ。彼女たちの姓は一時的に貸与されたもの、不安定な記号、彼女たちの儚(はかな)さだ。彼女たちは別の目印を見つける。彼女たちの世界における自己確立、「そこにあること」、創造、サインは、そうした目印によって決定される。彼女たちは男たちの世界に不法侵入することで、自らを発明するのだ。

クララと白鳥たち。演劇をめぐる長い会話(★)。クララの子供時代の喚起。リルケの計画。ヴォルプスヴェーデにとどまり、彼女と同じく季節の移り代わりを体験する。空の色の、夕べの琥珀色の髪をしたパウラ。自転車に乗り、息をはずませるクララ。「僕は彼女に長いことと合図した。」

*

ごらんなさい、リルケが、花束から飛び出した茎のように、「すごく大きなヒマワリ、花びらの縁が透き通った赤いダリア、ニオイアラセイトウでいっぱいになった、深紅のビロードの幌付き四輪馬車の中に立って挨拶している」。ごらんなさい、この魔法使いたちが花と花飾りで世界を編むのを。前日にはクララが、彼の頭をヒースの冠で飾った。彼は両手に冠をしっかり握り締める。「僕の正面には、ブロンドの女性画家がパリの素敵な帽子を被って座っていた。」そして被った帽子の下では、眼が膨らんだバラのようだ。若い

★ その結果、『事物のメロディーに関するノート』が生まれることになる。

娘からもうひとりの娘へと行き来する螺旋、赤いバラと白いユリ、肉づきのよい花芯の上の花冠の花びら。この秋、僕たちはバラにはまったく不自由しなかった……

リルケからパウラへ、「あなたは善良で清らか……あなたは善良で清らか……　僕があなたに三度それを言ったら、取り返しのつかないことになる。」

十月。コロニー全員でハンブルクに滞在。劇場。美術館。散策とお喋り。十一月。パウラに詩を贈る二回の日曜日。クララには、一回の日曜日。クララは彼に籠に入ったブドウを届けさせる。パウラは彼に栗の木の小枝を何本か届けさせ、彼はロザリオを爪繰る(つまぐる)カトリック教徒よろしく小枝を爪繰り、ひと粒ひと粒の栗に向かって順に祈りの言葉を唱える。「あなたに対する優しい気持ちと、そしてクララ・ヴェストホフに対しても同じ気持ちを抱いて、僕はあの敬虔な習わしを真似る。」

*

リルケは、若い娘というものがどうあるべきかについて、明確な考えを持っている。そして若い娘というものは、善良で清らか、美しく純粋であるばかりでなく、同時にブロンドと茶色い髪の両方であるべきなのだ。

美しく、純粋で、清らかで、善良なこと、それは二人の若い娘を手に入れることだ。彼女たちの、揃って無垢な二本の茎と花のように美しい肌。リルケはひとつの愛撫を思いつく。彼は眼の上にバラを一輪置いて、みずみずしさで瞼の熱がゆっくりと冷めていく。

三人の友人たちは、今日では忘れられてしまった優れたデンマーク小説、イェンス・ピータ・ヤコブセンの『ニルス・リューネ』を回し読みする。ニルス・リューネは汚れなさを追い求めている。彼は、自分が夢を見ていることが分かっている。女性の欲望は現実のものだ、そしてその現実のせいで彼は病む。この小説は、フィヨルドの奥にある農園で、性に対する嫌悪から壊れてしまった若い夫婦の物語だ。

若妻の言うことに耳を傾けてみなさい、「女性の汚れなさなんて、そんなものはまたお上品な戯言のひとつ！　人間の本性に反するこんな考えって一体何なの？……こんなばかばかしいことってある？　それで、どうしてあなたたちは片方の手で私たちを星々の高さまで持ち上げておきながら、もう片方の手で地上に引き付けようとするの？　あなたたちは、私たちがこの地上を、男性と並んで、進み続けられるようにはできないの？　こんな結構な物言いだらけじゃ、安心して暮らすなんて私たちには無理ね……　だから、私たちをそっとしておいてちょうだい、後生だから、私たちをそっとしておいてちょうだい！」

＊

出会い、波瀾、恋がある。そしてパウラがこの時期に築いたものがある、ひとりでいることだ。ブリュニェスが大家の、村を出たところにある彼女のアトリエですぐに実現した、自分ひとりの部屋。

「マッケンゼンは、力が一番大事な事柄だと言う。力があらゆることの始まりにあると。（……）私は同意するものの、力が自分の芸術の中心を占めることはこの先ないだろうということも知っている。柔らかく、振動する横糸、静止して震え、息をひそめる羽ばたきを私は自分の中に感じる。本当に描くことができるようになったら、私はそれを描くことにしよう。」

パウラはあたりの田舎にいるモデルたちを描く。彼女はタイトルをつけていない。「座る女」、「年老いた農婦」、「立っている幼い女の子」。最初のカタログ・レゾネは彼女の死後、フォーゲラーによって作成された。けれども彼女は日記に描き出している、「フラウ・マイヤーの白くて巨大な両胸はミロのヴィーナスのごときつやがあり、指先まで性的魅力がある」。そして自分の子供をあまりにもひどく虐待したので、彼女は服役した。「私のブロンドさん」は、彼女が「百回」描いてもいいと思う別の若い母親。アンナ・ベトヒャー、そしてフラウ・レンケンス、そして「まるでルーベンスの絵から出てきたような」太っちょのリザ。子供の裸体画、とりわけ幼い女の子。彼女が自分を呪いながら、そっと一マルクを手渡して服を脱がせたメータ・フィオール。孤児院と養老院のモデルたちのX脚の膝、膨らんだ腹、汚れた耳。老女オルハイト、老ヤン・ケスター、ポーズの間にシラーを引用する老フォン・ブレドウ、そしてシュレーダーおばさん、そして五人の子供と三匹の豚を亡くしたことを彼女に語る老フラウ・シュミット。そして、彼女は八歳で亡くなった娘が植えたサクランボの木をパウラに示し、ドイツ古来の諺を引く、「木が育ったときには、植えた人は過ぎ去った後。(★)」

絵の上のこうした人々、彼らはそこにいたのだ。横断し合い、交差し合う、いくつかの人生。彼女が彼らに与えたもの、彼らが彼女に与えたもの。一回のポーズの間に――それは長い。「お尻が分別をなくしちゃったよ」、と年老いたモデルのひとりが彼女に言う。いくつかの顔、いくつかの身体が、荒地を背景に現れてはヴォルプスヴェーデの泥炭の中に埋もれてゆく。

*

リルケに手紙を書く際、パウラは豊満な胸や分別をなくした尻ではなく、彼らの「月明りの下でのすばらしい夕べ」のことを喚起する。「私はよくあなたのことを考えます」と結ぶ。心の中で彼の手を取り、「あなたのパウラ・ベッカー」と署名する。彼らはこの先もずっと、互いに堅苦しく「あなた」を用いて話し続けるだろう。彼は彼女のユリのアトリエが好きで、彼女はアトリエの壁を赤い帯で区切ってウルトラマリンとトルコ石色に塗った。「僕がこの家から出ると、夕べはいつも壮大だ。」

そして彼がベルリンに出発するので、彼女は従妹のマイドリを訪ねてくれるように頼む。

パウラが子供だった頃、ドレスデンで、マイドリの姉コーラが彼女たちが遊んでいた採砂場で埋まって死んでしまった。「彼女が亡くなったとき、マイドリと私は砂の中に自分たちの顔を隠して、私たちが起こっていると感じた恐ろしいことを見ないようにしました。」コーラは十一歳だった。彼女はジャワで暮らしていたことがあった。彼女はパウラに「良心の最初の閃き」をもたらしたのだった。

人が自らの大いなる秘密を語るのはどうしてなのか、そして誰に対してなのだろうか。恋物語の始まりにだ。自分がパウラ・ベッカーで、ライナー・マリア・リルケに手紙を書くならば、同じように芸術と悲しみの契約もそこで結ばれる。

＊

確かに、彼女は彼にオットー・モーダーゾーンについても話す。彼女がその絵に敬服し、魂が「深くて美しい」男。恵みそのもののような男。彼女が「手の中に入れて守りたい」

★「ヴェン・デ・ボーム・イスト・ホーホ、イス・デ・プランテル・ドート。」（→p.061）

と思う男。彼女が「尽くしたいと思う」男。

リルケにそれが分からないのだとすれば、それは彼が分かりたくないからだ。

パウラはすでに結婚の細かいところまで整えていた。それはとても慎ましいものになるでしょう、と彼女は父親に書いている。「分かるでしょ、オットーと私がどれほど分別があるか。」九月十二日、ハインリヒ・フォーゲラー宅での婚約式のとき、彼らは「わずかに赤ワインを一本開けただけ」だった。ハインリヒは感じよく振る舞ってくれたけれども、彼女が父親に語るには、奇妙なくらい当惑していた。彼女によれば彼は恐れていたのだ、この式がひと騒動にならないかと。

「オットーの大いなる気取りのなさと大いなる心の深さは私を敬虔にします」、と彼女は叔母マリーに書いている。リルケと共有していた言葉が、きらめきながらまた新たな展開を見せる。「私はひどく気難しく、いつもひどく怯えて気性が激しい人間なので、とても穏やかな彼の手が私をすっかり楽にしてくれるでしょう。」

*

十一月十日、リルケはパウラのためにあのすばらしい『花嫁の祝福』を書く。パウラはようやく、自分がオットーと婚約したことを彼に伝えたのだ。

十二月。若い詩人は彼が「屈辱」と名づけるものの中へと潜ってゆく。二人の若い娘たちに秋を丸ごと捧げた後で、当然の成り行きとして彼は娼婦たちに会いに行った。アルコール。「不純な火」。「踏みにじられた時間」。「敬意を払って決して触れられなかったものの上に乗せた、べたべたに汚れた手」。

ルーが彼を訪ねてくる。それで少し加減がよくなる。ルーと一緒に劇場。彼は再び、人生は偉大だと考える。そして作品の計画を開陳する詩、労働とつましさに満ちた祈りを彼は彼女に書く。「念のため、それを書きつけておく必要があった。神様が僕に力を貸してくださいますように。」

そして彼はクララと結婚する。衝動に突き動かされて。一大決心をして。天使が見た夢のような生活のために。荒地の小屋のために。「金の指輪があれば、朝は毎日太陽に照らされる。」

*

一九〇一年は結婚の年だ。パウラとオットー、クララとライナー・マリア、ハインリヒ・フォーゲラーとマルタ。

日記――リルケ、オットー、パウラ、クララの――を重ね合わせてみると、穴がある。ある者は、ほかの者が語っていることを語っていない。あるいは、同じようには語っておらず、しかも結果としてさらに穴を作り出すように語られている。そして、これらの日記そのものにも穴がある。刊行されたページに見られる時間の空白が、失われた、あるいは削除された、あるいは書かれなかった数葉の印なのかどうか私には分からない。これはすべてだと私に思えるものが本当にそうなのかは、曖昧だ。

それは、死んでしまった者たちが生と言葉を合わせようとしていたときの彼らの言葉だ。

リルケだけが、秒単位で繰り出される言葉で時間を覆い尽くしている。(★) 夜になると、日中の様々な出来事の後で彼は王女たちと幽霊たち、荒地のミイラたちと黒いミルクとともに、幻想的で、オートフィクション的な世界のほうへと傾いてゆく。

そして今度は私が、こうした空白という空白を通してこの物語を書く、それはパウラ・M・ベッカーの生きられた生涯ではなく、そこから私が掴んだこと、一世紀後の、ひとつの痕跡だ。

*

結婚に先立つ一九〇〇年秋の間ずっと、パウラ・ベッカーと熱烈なオットーは互いに愛の手紙を書き送る。でも、彼女はまだもう少し彼の「かわいいマドンナ」であり続けたいと望んでいる。彼女は「赤毛の王様」に、芸術に集中するよう頼む。「あなたの血気盛

★ 彼はあまりにも多くの手紙を残したため、フランスでは網羅的な書簡集は依然として未刊行である。リルケは遅筆だったので、手紙を何通も書いたのだ。

んな偶像破壊の心があとほんの少しだけ眠っていてくれますように……　お互いに一週間ずっと絵を描きましょう、よくって？」土曜日に彼のところに行くと約束して、二人ともお利口さんでいましょうと言う。「よく眠ってください、そして心から楽しんで食事をしてください。よろしいかしら？　ねえ、あなた！」なぜなら、しかるべき時に見事で深遠な赤いバラを摘み取る前に、彼らは二人の愛の庭で無数の花を摘まなければならないからだ……

そう、ヴォルプスヴェーデではその秋、バラには不自由しなかった。パウラは自分の日記に甘ったるい香りの文学をとめどなく注ぎ込む。彼女はメーテルリンクとリルケを読んだものの、セザンヌとゴーギャンが彼女の作品にやがて影響を及ぼすようには彼女の言葉に作用しない。手紙の中では極めて的確でおどけた彼女、その彼女がほらっ、欲望の国に入って行くと、そこでは天空の高座に位置する太陽が金色の髪を銀色の眼に絡みつけ、栄光と名誉と創造を大声で唱えながら剣を振りかざしている……　こんなふうに白鳥や王女に満ちた象徴主義に捕まって、彼女は重油にまみれたカモメよろしく沈んでゆく。

*

婚約式はヘレーネの死後わずか四か月で行われた。フォーゲラーの困惑はそこにあった。すなわち、時系列的な順番だ。

公式見解が必要なので、パウラは家族への手紙の中でそれを作り出す。日付の蝶番が軋む音が聞こえてくる。十一月、彼女は叔父アルトゥール（あの気前のよい資金提供者）にこう書いている。「私たちは来年結婚するでしょう。昨春奥さんを亡くした後で、彼は人生と恋を待ちあぐねていました。突然私たちが出会ったのは、そんな時だったのです。」

ここでヘレーネ・モーダーゾーン、三十二歳で結核で亡くなり、二十世紀への転換期における芸術家たちの手紙の中にいくつかの痕跡が残されているオットー・モーダーゾーン夫人一世に思いを寄せよう。彼女について私が知っているのは、彼女がオットーの隣にいるたった一枚の写真だけだ。明るい瞳、カールしたシニョン、細身のすらりとした魅力。私は彼女の結婚前の姓を知らない。

＊

ヴォルプスヴェーデ、二〇一四年夏。雲と日差しが交互にやって来て、地面は湖のようにかき乱される。風景に、運河と水の反射が筋を引く。私はパウラが見たものを見ようとする。傾いた樺、鮮やかな青色の運河のほとりの白黒の幹、ナイフのごとく水中に突っ込む空。赤く、まばらな家々。牝牛たち。野原の空っぽさ。もう干し草が作られたところで、ここでは夏は夏の真っ只中に終わる。

月のない夜はとても暗い。前にある自分の手が見えない。でも、青白い薄明かりが砂から立ち昇る。熱い空気の大きな泡（あぶく）が木々の下に残っている。まるでバターの中みたいに入っていくと、草と夏の香りがする。星々の下にまた出ると、一気に寒く、くっきりと切り分けられた二つの季節。

何も変わっていないと言うこともできるだろう。でも、パウラのドイツとこのドイツとの間には、第一次大戦と一九三三年と第二次大戦と起こったことがある。そしてドイツは二つに切り分けられ、次いで再統合された。だから森はもはや同じ森ではない。

ゼーバルト、『移民たち』。「私がドイツのことを思うと、それは頭の中に何か狂ったもののように現れる。(……)分かっていただく必要があるのですが、ドイツ、それは私にとって後ろに取り残され、破壊され、いわば治外法権に置かれた国、得も言われぬほど美しいと同時に不細工な顔をした人々の住む国であるかのように思われ、それは恐ろしいことなのです。どの人もみんな、服とはおよそ不釣り合いな被り物――飛行士の縁なし帽、庇つき帽子、オペラハット、耳当て、額で交差するバンド、手編みのウールの縁なし帽――を(……)着けている。」

パウラ、彼女の赤い艶やかな顔と数々の帽子。彼女まではドイツは万事快調だった。そう、一九〇〇年、ハインリヒ、マルタ、フリッツ、オットーとほかの人々にとって、ドイツは万事快調だ。パウラは無垢なドイツに生まれて亡くなった。「偉大で、質素で、高貴な」国、まさにリルケがモーダーゾーン夫妻に祝意を示して書いたように。

*

パウラの両親は結婚に条件をひとつ付ける。娘は料理教室に通わなくてはならないと。

ベッカー嬢(フロイライン)は、夫の食事を賄えるようにならなければ所帯を持ってはいけないのだ。

彼女は受け入れ、そしてオットーも同意する。みんなが受け入れる。この取り決めに文句をつける者は誰もいない。パウラ・ベッカーは絵筆を置いて、ベルリンの叔母の家に二か月間身を寄せ料理学校の授業に出る。

一九〇一年のベルリンでは、料理術はジャガイモから始まる。皮を剥いた、剥かない、ボイルした、焼いた、ジャケットポテトにした、ピュレにした、スープにした、サラダにしたジャガイモ。次いで、ビーフシチュー、ミートローフ、仔牛のホワイトソース煮込み(フリカッセ)。ニンジンに関する回が一回。デザート各種。パウラは、オットーへのこうした報告と彼女を取り巻く人々の描写に等しく軽い皮肉を込める。彼女は「自分たちの社会的役割にひたすら従う」人々を諦観を持って描き出す。街の洒落た地区、シェーネベルクのせいでカルチエ・ラタンが恋しくなる。彼女は自分のことをまるで温室の花々の間にいる一輪の野生の花だと思うものの、コルセットを着けていない女性たちとは一線を画す。このかさばる装具を自分がとりわけ愛好しているからではなく、彼女曰く、「コルセットを着けないのならそれを悟られてはいけない」からだ。そして「白粉(おしろい)だらけで、うぬぼれだらけ」。彼女は村の質素さを懐かしく思う。ここには、壁しかない。あの樺、あの野バラが欲しい、そして描きたいと思う。従妹のマイドリと美術館めぐりをしていたにもかかわらず、彼女はこの料理時代に八週間以上耐えられないだろう。

またリルケが同じときにベルリンにいて、彼と一緒にいたにもかかわらずだ。一方で、オットーは村でクララとたびたび会う。この四人組は長く続くよう定められていると、それぞれが思う。

リルケは最初の約束のために、極めて詳しい指示に街路図のクロッキーを添えてパウラに送った。市電は二十分に一本ある。彼女をからかう。「料理はどうだい?」彼女が立ち去るや否や、彼はまた手紙を書く。緑色のランプの下で午前零時、彼女の気配を残すために何にも触れないようにする。慣れ親しんだもの、サモワール、トルコ絨毯、アブルッツォ織りの毛布、そして一族の紋章入りの高価な緑と金の布を見つめる。彼女が残していったのは果物がひとつ、その果物を彼女はとても美しい手つきで割った。果物のくぼみに果肉がひと口残っている。それを食べる。彼はそれで「自分の声を蘇らせる」。

「僕たちがまた会うのはいつにしよう？　毎週日曜日？」

彼らは毎週日曜日にまた会う。彼女は彼に「ちょっとしたものを貸してあげる」と送る。封筒が大きくても怖がらないで。それは彼女のデッサンとエスキース用のアルバムだ。リルケはこのアルバムを「黄色い花のところからしか」読んではいけない、なぜならそれより前はまったく自分ではないからだ。反対にそれより後は、ときどき、あまりにも自分らしすぎる。彼女は人が自分の冷淡さと呼ぶものを心配しているけれど、でもあなたは、あなたならそれを分かってくれるのではないかしら？　彼はそこに、一八九八年に、歓びとメランコリーが彼女の中でどのように闘っていたのかを見るだろう。彼女はノルウェーにいて二十二歳で、ナムセン川のほとりでタンポポをふうーっと吹いていた。彼女は樺、その強く真っ直ぐな幹を、現代の、男性的で力強い女性になぞらえていた。彼女は、自分の最初の二十年を無駄にしてしまったのではないかと恐れていた。それから、彼女はハインリヒ・フォーゲラーがマルタと恋に落ちるのを見ていたけれど、彼らの関係は優しすぎ、夢見がちすぎて、この先結婚には耐えられないだろうと思っていた……

リルケはこの送られた品に、見事な手紙で返信する。この分厚いアルバムは言葉の皮に覆われた宝箱だ。それはばらばらになった真珠の首飾りで、その真珠をかき集めるとひと粒が転がっていき、その失われた真珠が彼の部屋を照らし出す。いや、あなたは自分の最初の二十年を無駄になどしなかった、親愛なる真面目な女友だちよ。あなたは悔やむようなものは何も失わなかった。あなたは心乱されることなどなかった。あなたはそのことを自分の芸術の中に感じ取るだろう。「それはかつてあった、それはあり、それはあるだろう、そしてそれは僕たちの中に、僕たちの孤独の中に、僕たちの穏やかな時間の中に浸みわたる。」

リルケはパウラに彼女のまわりにいるごくわずかな人がするようにして、彼女の芸術について語る。たぶん、誰もしないようにして。彼は彼女の自信と力強さを褒め讃える。「そしてあなたのほうへ僕はやって来た、女性芸術家のあなたのほうへ」、女性芸術家（ディー・キュンストレリン）。彼女が見せてくれたこれらのデッサン、それは彼女の中にある光と生命だ。そして彼は、彼女が自分の絵をもっとよく見せてくれるように懇願すべきだった。一本の橋と空のある運河。このカンバスはアトリエで彼女が彼に話をしていたときに、彼女の背後にあった。でも彼は「彼女の言葉を見る」ことを望んでいたし、彼女から眼を離さなかった、そして今やそのカンバスが彼の前にないのが寂しく、それをよく思い出せない。幸い、彼は別の一枚、「巨木のまわりの若い娘たちの輪舞」を思い出す。色彩、すでに完璧に仕上げられた動き、前かがみの人物像、どっしりした木を囲む手。「あなたがお茶の用意をしてくれる間に、自分の瞳が意識的にも無意識的にもこの映像に満たされたことは、僕を元気づけてくれる。」

こちらでもあちらでも、結婚の計画はまるでなし。彼らの手紙を読むにつけ、この世界に存在するのは彼ら二人きりだ。祝福され、しかもかくも清らかな、しかもかくも強烈なこれらの日曜日。敬虔(フロム)な……

するとある日、リルケの一通の手紙の中にクララの名前が出現する。次の日曜日にパウラがやって来るときには、**麗しきクララがもしかする**とここにいるかもしれない。「あなたは僕に同じ数時間を与えてくれますよね、もしかしたらさらにもう一時間でさえも？」

*

オットー、彼のほうは、自分が見てとてもよいと思うようなクロッキーを彼女が隠していたので、「想像に任せる」けれど何か罰を与えようと誓う。オットーの口調は敬虔（フロム）ではない。彼女が愛についてまったく語らず、いつも絵のことを話題にすると言って不平を洩らす。彼の熱烈な手紙は、用心に用心を重ねて投函される。友人フォーゲラーが封筒書きをする。封書でない絵葉書では婚約者たちは堅苦しく「あなた」を用いて話し、「モーダーゾーンさん」や「敬具」と交わし合う。パウラはこうした複雑な決まりをちょっと馬鹿げていると思い、そして叔母さんがフォーゲラーから度々手紙が送られてきて驚きはしないかと心配する。でも愛のために、彼女は努力する。子供を持つことに言及し、リルケが朗読してくれる受胎告知について語る。言葉を発することなく手を合わせると言い、自分の息遣いが、自分が書く術を知らないことのすべてを彼、オットーに届けてくれるように願う。また、ときには「燃えるようなキス」と書いてみる。「ほら、ごらんなさい、これが私の愛の手紙。」言葉を抑えてしまうのは自分が純潔だからだ、と彼女は言う。「最後のヴェールがめくられる」まで自分の中にそれを穏やかに、恭（うやうや）しく抱いていたいの。「とてもキルケー〔ギリシア神話に登場する魔女〕風の」ネグリジェを買ったわ。そしてある晩、ガウンの下に何も着けずに裸で手紙を書いていて、小さなお腹が寒いと言う。

　それに続けて、自分はとても疲れている、と。かわいい婚約者を冬眠させておいてほしい。春を待ってちょうだい。そのことについてもうこれ以上話したくないの。

そして、あなたがヘレーネとの間にもうけた娘エルスベートの写真を送ってちょうだい。それからまた、ベルリン風のちょっとしたドレスを買うために五十マルクを。でも、無理だったら、そうね、悲しくはないわ。

五十年後、ラカンは男女の間に性的関係はないと言うだろう。(彼が初めてそれを述べたときだが) 厳密に言うと、書かれ得る性的関係はない。

ちょっとしたドレス、それはウエディングドレスだ。

*

パウラの父親は彼女に厳粛な忠告を書き送る。結婚したらお前は夫の意志に従い、そして自分の身を捧げることを覚えなくてはならないよ。だって、夫婦の調和を保つのは妻の役目だからね。利己的な考えを一切捨てなくてはならない、というのも、例えばオットーが最新式の申し分なく快適な家を持っているのに、フォーゲラーの趣味にかぶれて真似をするだけのために古い農家に引っ越して、そこをがらくたでいっぱいにしたいなどと望むのは利己的だからだ。

ヴォルデマール・ベッカーは情愛深く、そして不平家で、そしてメランコリックな男だ。彼はまたこのとき、かなり病気だ。彼は鉄道会社を定年退職した人間にとっては大金の千マルクを、娘に持参金として持たせたいと思っている。パウラはそれを二百マルクまで下げようとする。そしてオットーに病人を見舞うように頼む。それは彼に多くを求めることだということを承知している、なぜならそれで丸一日、絵の時間が犠牲になるからだ。でも、自分のほうは料理のために八週間を犠牲にしていることを忘れないでほしい。

彼女の家族、特に母親は彼女が料理を習う期間を延ばすといいと言う。「お母さん、私は自分の時間を有益に使いました。でも、息が詰まるような状況から自分を解放したほうがいいんです。」彼女の心は「腹ぺこで死にそうだ」。彼女は偉大さと美を欲していて、オットーとの結婚によってそれを見つけられると思っている。自身の結婚前日のリルケと同じように彼女も騒がしい、因習に囚われた都会の生活に労働の、また家庭の神聖さを対置する。彼女は無邪気にオットーに言う、自分の小さなベッドにどれほど戻りたくてたまらないか。

*

一九〇一年五月、新婚旅行に、オットーとパウラはドイツを一周する。ベルリン。ドレスデン。プラハにちょっと立ち寄る。ズデーテン地方にも足を延ばし、友人のカール・ハウプトマンを訪ねる。彼らはシュライバーハウは観光的すぎる（今日ではポーランドの人気スキーリゾート、シュクラルスカ・ポレンバ）と思う。巨人山脈〔今日ではクルコノシェ山脈〕のシュネーグルーベンバウデ（今日ではチェコスロヴァキアとポーランドの国境にあるシニェジュネ・コトウィ）に登る。エルベ川の水源はここにある。それはヴェルサイユ条約以前のドイツ、とても広大な帝政ドイツだ。

でも山は彼ら、荒地の人間の心にはまったく響かない。彼らは慌ただしくミュンヘンへ、そして最後にダッハウへ向かう。今日から見ると、ダッハウはハネムーンの行き先としては奇妙である。でもこの街は、当時はヴォルプスヴェーデに次ぐ最も重要な芸術家コロニーのひとつとして知られていた。

オットーは人気の画家だ。《森の女》という絵が、二千マルクで売れたところだ。パウラは金貨の袋を上のほうに帯状に描いた絵葉書で、このニュースを嬉々として両親に知らせる。オットーもまた新婚旅行の絵葉書を送る。彼はそこに、丸屋根と教会だらけのベルリンを背に、旅の装いをしたとてもエレガントなパウラをデッサンする。そしてプラハの部屋でノミ捕りをするネグリジェ姿のパウラも。

パウラが両親に書く手紙は楽し気であるものの、少し奇妙な比喩がある。「波が自分たちを呑み込んでしまわないか怖い」、そしてこの円を描く旅とともに、「鉄の首輪」が自分たちのまわりで狭まっていく。ひとりきりで歩いて「頭の中の皺を伸ばしたい」。彼女は疲れていて、また仕事に取りかかりたいとだけ強く願う。

もちろん初夜、そして第二夜、また第三夜についてはひと言もない。キルケー風のネグリジェがノミ以外のものに発揮した効果については。クララとパウラ、処女と思われる二人は、一九〇〇年のドイツの大半の若いブルジョワ女性たちよりも、はるかによく解剖学に通じていた。そして彼女たちはヴォルプスヴェーデの母親たちの困窮、彼女たちの歪んで痛む身体を描いていた。

十二月に父親が亡くなったとき、パウラは結婚して八か月だった。マルタ・フォーゲラーとクララ・リルケは妊娠しているものの、自分はまだその用意ができていないと彼女は日記に書いている。そしてオットーの娘で、四歳になるエルスベートがいて、二人の間には麗(うるわ)しき愛情が芽生えつつある。

燃え上がる赤毛の王とかわいいマドンナの結婚は、どうやら困難抜きでは完成されなかったようだ。彼らの書簡のいくつかの節から推測されるのは、実直なオットーが蒸気機関車よろしく、「一番かけがえのないこと」、「僕たちの愛の極致」、パウラが花咲くイメージ、絹のように艶やかで翼を持つ一連のイメージでリボンのように飾るあの「ヴェールをまとったかぐわしい至福」を心待ちにしていることだ。ところで、これらの比喩が赤ちゃんのことを語っているのだとしたら？　そして「性行為をやり遂げられなかった」のがオットーなのだとしたら？　五年後、一九〇六年にパウラが打ち明け話をした後でクララがリルケに急いで書き送るのはこのことだ。

完成されたにせよ、そうでないにせよ、この人たちは皆亡くなっている。完成された、と言うとき、私はポタージュのことを、ブイヨンの上を彷徨う眼のことを想う。私はパウラの絵をじっと眺めるほうが好きだ。

消え去ってしまった身体。塵となってしまった身体。彼らの欲望の核心、彼らの熱情の真実。粉々になってしまったそれらのこと。

III

「親愛なるクララ・ヴェストホフ、ブリュニェス家の私の小さなアトリエを訪れたいと思うことはないかしら？　そこではたくさんのものがあなたを待ってる、その中にはひとりの若妻も。でも、彼女は待ちくたびれて悲しくなる。私はあなたのパウラ・ベッカーよ。」

ベルリンで、料理時代の間によそよそしさの最初の兆候があった。日曜日の訪問の際、クララがリルケのところにいるのを彼女が見つけたときに、そして彼女が帰って行ったのにクララがそのまま残ったときに。彼らが婚約したことを彼女が知った、あるいは理解したのはきっとその日だ。

一九〇一年秋、クララ・ヴェストホフはお腹がとても大きくなっていて、パウラの手紙には一通も返事が来ない。日記ではこうだ。「クララ・ヴェストホフにはもはや夫がいる。私はもう彼女の人生の一部ではないみたい。まずは、そのことに慣れなくちゃだめ。悩ましいわね、だって彼女と一緒にいるのは素敵だったから。」

突然パウラはある手紙の中で激昂して、クララのことを心が狭く、そして恋愛のために友情を捨てたと責める。結婚してクララは自己を投げ出し、「彼女の王様がその上を歩いてもよい雑巾よろしく地べたに広げてみせた」。パウラは、自分の友人が「もう一度金色のマントをまとってくれるように」と懇願する。そして彼女はリルケに向けて「猟犬」を放つ。彼女は彼を咎める、彼と、彼が手紙に優雅に署名するときに使う色鮮やかで綺麗な封印を。あなたを追いかけて、追い詰めてみせる。私の心はただのドイツ人の心、忠実な心なのだからあなたにはそれを踏みつける権利はない、と。そしてあなたは私の魂を金の鎖で縛った、私の心は「『交響曲第九番』のごとく愛に溢れている」というのに。彼女はリルケを謎好きで、明快さを欠くがゆえに自分たちを傷つけると責める。「私たち、夫と私は愚直な人間なの。」

それは幾らかのユーモアを持って書かれているものの、荒々しく迫って来る。

リルケは、パウラが何のことを言っているのか分からないと言う。「何も起こっていない——むしろ、よいことがたくさん起きたんだ、だから誤解の原因はあなたが起きたことを起きたこととして受け止めようとしないことなのだ」。彼は、花開いたクララについて行く力がないと彼女を責める。あなたは、まさに彼女が変わり者で孤独だからこそこの女友だちを敬愛していたのではないだろうか。クララの性格は気高く、比べるもののないほど風変わりで隔たっている。パウラのほうは、崇高な女友だちが超えてしまった美の段階にとどまっている。でも、この新たな孤独の中である日クララは扉を開いて彼女を受け入れるだろう。彼自身、リルケは敬意を表して外側にとどまる。これが夫婦であり、そしてこれが友情だ。

それは幾らかの詩情を持って書かれているものの、荒々しく迫って来る。

パウラは沈黙する。彼女は長い間沈黙することになる。三か月後、日記の中で、彼女は扉で守られた孤独とは一体何かと自問する。そして、本物の孤独というのはその反対に、誰かと手をつないで野原を歩くことも辞さないような完全に開かれたものなのではないか、と。

オットーはといえば、リルケの返事に激怒する。扉の比喩がありえないほどスノッブに思えるので、彼は巨人のクララが一体どれほどの高みを泳いでいるのかと皮肉る。リルケはいずれにせよ、パウラが選んだ形容詞で言えばウンドイチュ、「ドイツ的ではない」。この言葉は当時流布し、やがて悲惨な結果をもたらすことになる。それはアーリア的ではなく、女々しく、退廃的で、ユダヤ的な、の同義語となる。早くも一九三三年から、ナチスはドイツ的（ウンドイチュ）ではない書物を焚書（ふんしょ）にする。ツヴァイク、フロイト、ブレヒト、マルクス、レマルク、ハイネ、そしてジッド、プルースト、ロマン・ロラン、バルビュス、ドス・パソス、ヘミングウェイ、ゴーリキー……

それでもやはり、芸術に国境は要らないと思ったオットーがブレーメンの美術館にファン・ゴッホを一枚買うように勧めた唯一の芸術家だったのもまた事実だ。

*

一九〇二年一月二日、ハウプトマン夫妻に宛てた新年のお決まりの挨拶状でパウラはご近所で子供が三人生まれたことを祝している。リルケ夫妻のところ、フォーゲラー夫妻のところ、そして居を定めたばかりのもうひとりの画家、パウル・シュレーターのところだ。「どの家でもゆりかごに小さな女の子がいて、まったく幸せなことこの上ない」。

一九〇二年一月二十九日、『ヴェスターヴェーデとパリ日記』でリルケは短くこう記している。「疲労。心配事。今日で一年だ。クララ・ヴェストホフがベルリンにやって来てから。」

クララがやっと最初の手紙を書くことができたのは一九〇二年二月、パウラの誕生日のときなのだが、途中で遮られる。ルート・リルケは四か月になるところだ。若い母親は手紙に戻ると、こう書いている。「私はあいにく家にすっかり釘づけにされてしまったから、以前にいつもしていたように自転車に飛び乗ってペダルを漕いで出て行くことすらできなくなってしまったの。それからまた、これも以前にいつもしていたようにこの世で自分が持っているものすべてを荷支度して、鞄を背負って出て行って、自分の人生を別の場所へと運んでいくこともできないの――私の人生はこれから先、まだ建築中のこの家の中にある、だから私はひたすら建て続けるの、そして世界の一切はここ、私のまわりにあるの。」

　ヴァージニア・ウルフは『自分ひとりの部屋』で、少女たちの教育とは、自分たちのエゴイズムを脇に置いて、自分以上のエゴイストの世話をするのに慣れさせることにある、と強調している。「自分以上のエゴイスト」がここでは乳児にせよ、夫にせよ、それで何か変わることはない。クララ・ヴェストホフ、これからはクララ・リルケは途中で遮られるのだ。

「クララはあなたに手紙を書きたがっていたけれど、やるべき仕事で手一杯で書くことが叶わない。あなたとクララの関係が明快さと気取りなさの点で損なわれてしまったとすれば、それは僕のせいだ。だって、愛する近しい人に、その人とは無縁だった新たな生活、心配事、重荷を背負わせてしまったのは、僕なんだから。それが彼女を変えてしまったんだ、大きくね。僕たちが疎遠になってしまったという印象をあなたは持ったけれど、僕たちは障害に遭い、激しい不安に捕らわれてしまった。僕たちの心配事は誰とも分かち合うことができないということを忘れないでほしい。僕たちは二人きりでいることが必要になったんだ、言い表すことのできないほどに。」リルケからパウラへ、翌冬。

モーダーゾーン夫妻は、リルケ夫妻が金銭的に難儀していることなど知る由もない。ヴォルプスヴェーデから遠くない、ヴェスターヴェーデの小さな家はまったく暖まらない壊れかけの建物で、そしてもうお金がない。クララは授乳の合間に、女性彫刻家の腕を発揮して割れたところを漆喰で塞ぐ。リルケの従姉妹たちは、彼が結婚して父親になったのを知って遺言によって彼が享受していた「学生奨学金」を停止する。そして同様にリルケが生計を立てるのを助けていた彼の父親も、経済的に逼迫する。彼は息子のためにプラハの銀行に職を見つけてやるものの、それでは若い詩人は自分であるものすべてを諦めなくてはならないだろう。

そしてリルケは赤ん坊の泣き声に耐えられない、そのせいで書くことができないのだ。ルートはクララの母親に預けられる。とても幼い女の子は一年後に両親と再会したとき、彼らが誰だか分からないだろう。

＊

クララとライナー・マリアの共同生活は二年も続かず、彼らは決して離婚せず、決まって夏の数日間はともにルートと過ごし、長きにわたって長文の手紙を遣り取りした。それからリルケは広大なヨーロッパへと遠ざかった。彼はこう書いている。「彼女は運がなかった、僕などに偶然出会って、だって僕は彼女の中の芸術家も、妻の役割に憧れる気持ちも育むことができなかったから。」クララもルートも彼の葬儀に招かれなかった。亡くなるひと月前、とても衰弱した彼は国境の向こう側に逃げると言って脅して、彼女たちに会うのを拒んだ……

そして今日では、誰がクララ・ヴェストホフのことを覚えているだろうか。彼らの無数の手紙、そしてリルケの日記が残されている。パリで過ごした幾日もの日曜日が残されている、というのも彼らは日曜日にしか会わなかったからだ。ギメ美術館、ルーヴル、ヴェルサイユ、順化自然観察園……「たとえ二人での散歩以外に僕たちにはもう何も与えられなくても」……　そう、クララとの日曜日が残されている。

＊

リルケはクララを通じて知ったロダンについての研究を執筆するために、パリに居を定める。彼はロダンの秘書に、そして友人になる。生活費を稼ぎながら、それをはるかに上回るものを手に入れる。リルケにとってロダンとは事件なのだ。彼は大文字の芸術、形而上学的で先駆的な芸術を体現しており、ヴォルプスヴェーデのグループの価値を即座に下落させた。モーダーゾーンとその他全員は？　自分たちのコロニーに閉じこもった、用心深い者たちだ。パウラとオットー宅を訪問。「楽しいことはひとつもない。」ヴォルプスヴェーデ。「そこではすべてが僕たちとは甚だ無縁になった。」

とりわけフォーゲラーこそ、リルケの眼には、まさにうわべだけの芸術家の典型に見える。リルケの批判はかつての友人の子供たちにまで及び、二人の幼い娘のうちのひとり、ヘレーネ・ベッティーナは生まれたばかりだが、リルケはその子の名前が時代遅れだと思い、この赤ちゃんもその哀れな父親に関わるありとあらゆることと同様にすでに過去の烙印を押されていると結論づける。脱走したひとりの父親による常軌を逸した断定。

一九〇六年、リルケはパウラから絵を一枚買う。しずくのように垂れ下がった丸々とした頬をして、そしてその肩には母親の大きな手が置かれたとても幼い子供の小さな肖像画を彼は選ぶ。

*

男たちが女たちと懸命に闘う様子を眺めてみよう。「女性芸術家と生活すること、そこにはまったく新しい問題がある」。リルケがクララについてそう言っている。

オットーはと言えば、自分以外の誰もパウラのことを理解していないと思う。「彼女が何者かであること、また何事かを成し遂げていることなど誰も思いもよらない。（……）彼女はたったひとりで闘っており、そしてある日（僕自身がかつてそうしたように）みんなを驚かせるだろう。早くその日になれ！　そして同時に彼女は立派な主婦になれるように学んでいて、そしてその点については今やフォーゲラー夫人ときっと同じくらいの術を身につけているだろう。」

一九〇二年七月、パウラが描いた果樹園にいるエルスベートの肖像画を見たオットーは、一変して感嘆の言葉を口にする。「僕の目から鱗が落ちた（……）。これからは、彼女と僕との競争だ。」彼女の色彩感覚にとりわけ魅了されたものの、彼はこの同志の独立心、さらには虚栄心のせいで妻としての務めがしばしば疎かになることを残念がる。

パウラは彼が両親を訪問するために出発したので、自分がどれほどまでに自由、すばらしく自由だと感じているのか、彼に宛てて書く。私は荒地をひとりきりで歩くのがとても好き。それからまた、パリにもう一度行きたいと強く思う。そして彼女は指摘する、あなたが今現在描いている絵、荘厳にしようとしているあの絵はただ仰々しいだけ。

＊

「結婚一年目、私はたくさん泣いて、子供がするみたいにしゃくり上げた。（……）経験を通して私が学んだのは、結婚はこれまで以上に幸せにしてくれたりはしないということ。結婚は心の通い合う伴侶を得るという幻想、それまで何の疑いもなく信じてきたことを奪い去る。結婚においては、自分が理解されないという気持ちがいっそう募る。だって、結婚以前の人生は理解されるその場所を追い求めることにずっと費やされてきたのだから。ああした幻想もなく、大いなる、孤独な、唯一の真実に向き合う、そうしたほうがよくないだろうか。一九〇二年復活祭の日曜日、仔牛のローストを料理しながらキッチンに座って私は家計簿にこれを書きつけている。」

＊

日々の繰り返し、料理。事物の物質性。家計簿に注ぐ朝の光。憂鬱なロースト。

パウラのいる日曜日。

週のほかの曜日には女中のベルタが、朝七時から夜七時まで働き、そしてエルスベートの世話もしていた。オットーはしっかり生活費を稼いでおり、そしてなかんずく妻のアトリエ代を支払ってくれていた。裕福ではないものの、パウラの両親もまた生活に事欠くことは決してなかったし、とりわけ母親のフォン・ビュルツィングスレーベン家のほうはそうだった。そして、ひと財産築いた叔父のアルトゥールが困難なときは必ず助けてくれた。

問題なのは当然、無心しなくてはならないことだ。
「私にとって一番の養生は一万フランの年金を得ることでしょう！」と、パウラと同じ時期にアカデミー・ジュリアンにいたスイス人の女性画家、ゾフィー・シェッピは書いている。ヴァージニア・ウルフは三十年後、『自分ひとりの部屋』の中でそれに相当する額の五百ポンドを望むだろう。

*

一九〇〇年十一月、パウラはヴォルプスヴェーデの教会、「灰白色の、煌めく空、そして湿った秋の気配に深く溶け込んだ赤い壁面」を描いていた。彼女はカンバスの上で執拗に練習し、パウラ・ベッカーであるとはどういうことかを学んでいた。彼女は兄クルトにこう書いている。「私のような若い女はまだ無知な生き物ね。あまたの鐘があまたのニュースを告げるのが木霊のように聞こえたけれど、その鐘がどの鐘楼にあるのか分からないの。それこそが女の悪いところね。生まれつきなのか習得したものなのか、私たちの孫たちが決着をつけてくれるでしょう(★)。」

そして彼女は鳴らした、鐘を、クララとともに、ひそかに、まるで密猟するかのように、支払われるべきものを掠め取るように。彼女はなんとかして料理以外の講座を見つけた。彼女を縛り首にすると脅す縄、「教会、子供、台所(キッチン)」、キルヒェ、キンダー、キュッヒェの三つのK、女性に対するドイツ的綱領と戯れた(★★)。

パウラはあの大人になる年頃の少女たちを描く。彼女たちを空を背景に、下から見上げた角度で描く。マルタ・フォーゲラー、まだ年端もゆかぬブロンドの少女。額は広くすっきりしていて、まなざしは重々しく、顔は卵形。画面左に、木がわずかに一本。白い前掛けで覆われた黒いスモック。あるいは赤いブラウスに、ほどいた髪。あるいは空みたいに灰紫色の、透明なベール。正面からの、胸が締め付けられるような悲しいまなざし。あるいは横顔で、三角形の鼻、顎、丘、地平線のごとく湾曲した額。

ひとりの二十五歳の女性が女になりつつある少女を描く。ひとりの若妻がひとりのとても若い妻を描く。彼女たちには無言で共有しているものがある。時が脈打つ。これらの絵では太陽はいつもぼやけている。世界のこの場所に、戸外に、森や野原の中にあるのは地に立つ幼い人間たちの、鈍く、かすかな、それでいて力強い存在感だ。少女たちがぼんやりと夢見ていることではなく、彼女たちが思考していること。

自分の夫の絵から抜け出して、ラファエロ前派風のヒナギクを髪にあしらい、青空色のチュニックに身を包み、両手で花瓶を抱えたマルタ・フォーゲラー。少し儀式めいた、謹厳なこのポーズ、あらぬほうへと向けられたまなざしがこれ以降、パウラの描き方になる。厳かな少女が捧げ物よろしく何か物を持っている。勝ち誇ったところも、居心地の悪さも、わざとらしい官能性もない。それは苦悩あるいは秘密の世界ではなく、思考の世界なのだ。

「力強さと親密さ」、オットーはその世界についてこう語り、空を背景にしたあの肖像画

★　リルケはクララの最初の先生（彫刻家マックス・クリンガー）について、「若い娘を成功から隔てる信じがたいほど苦しい道のりをどう辿ればいいのか、骨を折りながら彼女に示そうとしていた」ことを想起している。

★★　ヴィルヘルム二世によって発せられたこのスローガンは十九世紀末に飛躍的に広まり、第三帝国において支配的なものとなる。

群を特に好む。「彼女は隅から隅まで芸術家で、今までここに滞在した中でおそらく最も優れた女性画家だ。」彼はまた彼女の「無邪気さと純心さ」を褒め讃えるものの、パウラは無邪気かと言えばそうではなく、また純心でもない。彼女は自分が何を求めているのか分かっている。彼女は自分にとって最も本質的なものへと向かい、それは複雑で知的だ。とりわけ、彼女は自分が何から離れて行こうとしているのかよく分かっている。フォーゲラーの様式から、そしてまたヴォルプスヴェーデの様式からも。たぶん彼女はまた、男性のまなざしが幾世紀も続いた後で自分が描いていることも分かっている。たぶん彼女は、あの言わなくてはならない何か、あの彼女だけの何か、まだほとんど誰も聞いたことがない、まだほとんど誰も見たことがないあの何かを認識している。ひとりの女性が女性たちを描くことだ。彼女の裸の少女たち、それはムンクの《思春期》ではない。ムンクでは少女は大きくなり始めた乳房の上に肩をすぼめ、恥丘を隠すために腕を交差させられ、まなざしは困惑し、頬は赤らみ、そしてあの巨大な影が上部に張り出している――パウラには、影はない。

私は太陽と結ばれて生きているの。ちょうど仲たがいする前に彼女はクララにそう書いている。眼に映る像をいくつもの陰に分けたり砕いたりする太陽ではなく、事物同士を結びつける太陽だ。低く、重たく、物思いにふけり、まるで消え入りそうな太陽だ。彼女はその太陽を描く。影がなく、何の効果も生み出さない。何の意味も付け加えない。失われた無垢でも、愚弄された処女性でも、猛獣たちに投げ出された聖女でもない。慎み深さも、偽りの恥じらいもない。純潔でもふしだらでもない。ここにいるのはひとりの少女だ。そしてリルケ風の夢想と男性が作る詩の趣きを背負わされたこのジュヌ・フィーユ(ジュヌ・フィーユ)という二つの言葉ですら、すでに余計だ——「だから、私たちをそっとしておいてちょうだい!」

*

一九〇二年。窓の前にいるひとりの少女。顔は左右を二つの花瓶に挟まれている。背後には木々、そしてここにも三角形の丘。顔を傾け、まなざしをあらぬほうに向け、メランコリックで物思いにふけっている。

パウラはそれを石盤に描いた。この特異な画布からドレス、花瓶、眼が、ダークグレーの色合いを引き出しているように感じられる。顔には細い割れ目ができている。石盤にはひびが入っている。この絵は運搬不可能だ。私はそれを見るためだけに、ブレーメンに舞い戻ったことがある。

豊饒な一九〇二年のもう一枚の大作、それは果樹園にいるエルスベートの肖像画だ。年端もゆかぬ四歳の少女は、白地に青い水玉の半袖のドレスを着て、お腹のところが丸みを帯びている。とてもかわいらしいこの絵からわざとらしい幼さが一切排除されているのは、この絵が炭で黒くなり、X脚で、むくんだヴォルプスヴェーデの幼いモデルたちの不格好な身体のスケッチの後にやって来るからだ。それは膨大な作業の後にやって来る。

「お母さん、お便りが遅れてごめんなさい（……）、私は仕事に身を捧げる以外に余裕がないの。これは私の中の夜明け、そして日の出が近づいているの。私はきっと何者かになる。（……）恥ずかしがったり、黙り続けている必要はもうないはずで、だから私は自分が画家であると誇りを持って感じられるようになる。私は、ブリュニェス家の果樹園にいるエルスベートの肖像画を描き終えたところで、雌鶏たちが駆け回り、あの子の脇では一本の大輪のジギタリスが咲いている。」

パウラは遠近法を放棄した。エルスベートは平原の上で平べったい。彼女の背の高さはジギタリスと寸分たがわず同じだ。雌鶏たちが彼女の上半身の前にいる。草、森、空が三つの色の帯をなしている。両足は根っこの中にある。傾けた顔は限りなく幼年期へと誘う。ドレスは白さで弾けている。影ひとつない。この小さな頬、この小さな腕に、どうやってパウラはカンバスの残りの部分にはない、柔らかく丸みのある立体感を与えることができたのだろう？　彼女は二十七年をかけた——人生のすべてをかけた。

IV

一九〇三年二月、パウラはもう一度パリに行かせてほしいとオットーを説き伏せる。

彼女は、ブールヴァール・ラスパイユ二〇三番地にアトリエを見つける。家賃は月三十九フラン、三十マルクだ。市電の騒音と眺めの悪さに困惑し、「少なくとも木が一本見えればいいのに」と彼女は呟く。部屋にユーカリの香りを漂わせる。コラロッシのところで、ヌード・モデルのいる授業にまた出る。昼は外食する、そして晩は自分の家でクレープを食べ、ホットココアを一杯飲むほうを好む。ベルタの料理、とりわけニシンのクリーム煮が恋しくなる。彼女は、ブレーメンから母親が送ってくれる燻製ソーセージをちびちび食べる。リルケ夫妻に再会し、彼らを親切だが不吉だと思う。「彼らは今や二人揃って陰気なトランペットを吹き鳴らす。」

ルーヴルでは、マンテーニャが啓示をもたらす。彼女はすでにヴォルプスヴェーデで、その一連の作品のモノクロの複製画を熱心に見ていた。そしてゴヤ、絹のドレスの繊細な灰色、顔の赤みがかったバラ色……ヴェロネーゼ。シャルダン。古いニスのせいで黄色っぽく見える幾枚ものレンブラント。アングルのデッサン群。ダヴィッド。ドラクロワ。リュクサンブール美術館ではマネ、「黒人女のいる裸婦」と「テラスの情景」を見る。今日では、ポンピエ芸術の流れに乗ってしまった画家と評されるコッテ〔シャルル・コッテ、一八六三—一九二五〕の三連画《海》〔《海の地方》一八九八年〕に再会して熱い崇拝の念をおぼえる。それから、日本の版画とお面、林コレクションの売立て。彼女のまなざしは、中心から外れたほうへと向かう。「これらのものの途方もない奇妙さ」。彼女はまた、ファイユーム〔エジプト中部の都市〕の肖像画、ローマ時代のエジプトのあの石棺の暗く、真っ直ぐな目つきで今日風の表情をした顔、そしてその色彩の何とも流れるような塗りに強い印象を受ける。そこで自分の周囲に再び目を向けると、型どおりの芸術が人間について語ることよりも、人間のほうに驚きを感じる。

引っ越して、カセット通り二十九番地で彼女は自分の木と静けさを見つける。部屋のドアの前に毎朝パンを届けてもらい、ココアを飲み、ルーヴルに行く。それからデュヴァルのところで昼食をとるか、あるいはエッグフライを自分で作る。河岸の古本屋、そしてポン・デ・ザールのスミレ売りの女たちに再会する。彼女は花束を母親に、オットーに、マルタ・フォーゲラーに送る。小さなエルスベートの五歳の誕生日には、オレンジをひとつ。彼女に、順化自然観察園のバラ色で、「パパみたいに脚の長い」大きな鳥たちについて教えてあげる。女管理人の息子に試しにフランス語で話しかけるとナンパされ、その話しをオットーにする。ひとりで外出するのは難しいと時々感じて結婚指輪を見せ、それがないと「少しぞくっとする」。フランス人は、自然に近い大きな子供だ。アフリカ人について人々が語っていたような言葉遣いで、彼女はフランス人について語る。昼寝、それからリュクサンブール公園でクロッキーの練習をする。『ノートル・ダム・ド・パリ』を読み、実物の水落とし（ガーゴイル）の怪物像を見て感嘆する。流感にかかったリルケにチューリップを持って行き、彼のことを社交界好きで媚びへつらい屋、クララのことを自惚れ屋だと思う。そして彼女はオットーに百八十マルクを無心する、というのもすっかり使い果たしてしまったからだ。そしてまた、小さな腕時計も。エルスベートは大きくなった？　それからオットーさんは？　彼女はおどけてみせる。

彼女はカーニヴァル、足首にまとわりつくコンフェッティが好きだ。二月末にはもう芽吹くリラと三月初めの猫柳は、北ドイツ生まれの娘にとっては驚異だ。お針子たちが絹の古着、レースのブラウス、褪せた色合いの造花、ダンスのせいで擦り切れたサテンのバレエシューズを買い求めるタンプル〔パリ市内、三区にある地名〕の市場が、彼女は好きだ。「心地よい場所は」、と彼女は書く、「偉大な芸術の生命だ。」彼女は肌、布地、花を描きたいと思う。七十年後にはフランチェスカ・ウッドマン〔一九五八－一九八一、アメリカの写真家〕が、こうしたものの才気あふれる写真を撮影する。

彼女は、ロダンに会いにムードンへ行く。リルケは推薦状で、彼女を「極めて優れたある画家の妻」とフランス語で紹介している。その日は土曜日、面会日だったので、大理石の彫刻のあるアトリエにはすでに人がたくさんいた。彼女は日曜日に改めて来る。ロダンはとても愛想がよく、独立した棟のアトリエを開けてくれる。そこで彼女は彼の水彩画、彼の色使い、彼が約束事にまったく関心がないことを発見する。彼女はまた、薄暗く手狭な住まいをざっと見せてもらう。まるで生活はおまけのよう。仕事をし、またさらに仕事をしなさい、それが巨匠がリルケ夫妻に与えた助言だ――それで彼らは、彼らの陰気なトランペットをますます大きく吹き鳴らした。パウラはこうしたことすべてをオットーに語り、彼女なりのフランス語でロダンの言葉を引いている。「仕事（ラ・トラヴァイユ）、それは私の幸せだ。」

彼女は、五週間してヴォルプスヴェーデに戻る。遠くにいることに突如、うんざりしたのだ。

*

ドイツ北部では一九〇三年の冬は厳しかった。帰宅した彼女は、雪と嵐に見舞われる。チューリップの芽は凍り、果樹は痛めつけられ、幼いエルスベートは家に閉じこもっている。でも、パリの興奮の後、家庭は安らぎを与えてくれる。エルスベート、愛称ベッティーネは彼女をお母さんと呼ぶ。パウラは、子供の数限りない問いかけに答えようとする。二人は窓から、ヨーロッパこまどりの番（つがい）を観察する。焼きリンゴを食べる。村の腕白な男の子たちと運河をスケートする。新しい女中のリナが雇われる（でも、彼女を監督しなくてはならないとは、なんたる悩みの種）。エルスベートがおたふく風邪にかかる。エルスベートが字を習う。父親はエルスベートが騒々しすぎると言う。――パウラは抜け出して、ブリュニェス家の自分のアトリエで日中を過ごす。自分の健康がすぐに心配になるオットーが不安発作を起こし、その発作によって区切られた「とても安定した、規則的な生活」。そしてリナはいろんな商人のところで六十マルクも使っていた！　幸い、モーダーゾーン夫妻は彼女の給料からそれを天引きできた。

パウラはオットーが留守のときには、自分のアトリエで眠る。彼女はそこで半熟卵とコンポートの夕食をとる。彼女はこうした夕食らしくない夕食、「オットーが満腹にならないようなもの」が好きで、食卓の準備も料理もしなくていいというのが好きだ。でも女中は別で、彼女にビーアカルトシャーレ、ビール、クリーム、シナモン入りのアントルメを注文する。あるいはまた「四つに切って煮たリンゴと干しぶどう入りのライスプディング」。あるいはごく簡単に、洋ナシとパンとチーズ(★)。田舎風の、あるいは子供じみた（今日であれば「退行的な」とでも言うところの）こうした食事、パウラはそれを絵に描いている。青と白の琺瑯(ほうろう)びきの綺麗なお皿に入った乳製品。色鮮やかで巧みに皺が寄ったテーブルクロスの上にある一本のパリ風バゲット。エッグフライ、たくさんのリンゴ、同量の洋ナシ、いくつかのサクランボ、ものすごい数のカボチャ、それに花瓶がひとつ、陶器がひとつ、水差しがひとつ。これらの不適切に死んだ自然(ナチュール・モルト)と名づけられた静物は生き生きとして、食欲をそそる。あるとき手に入ったその日に、彼女はバナナを描く。彼女は姉のミリーにイタリアからレモンの木の小枝を送ってくれるように頼む。

そして彼女は夕食をとりながら本を読み、それは孤独を愛する人たちの幸せだ。ベッティーナ・ブレンターノの『ゲーテのある女の子との書簡』。ジョルジュ・サンドをフランス語で、男性たちとの魅惑的な交際、「女性としての慎み」をいささか欠いた彼女の文体。そして彼女は、「オットーがいないと」自分がいつもこんなに「ものすごく幸せ」なのを感じてびっくりする。それはそこにいない人のことを考えるのが、と彼女は呟く、楽しいからだ。それに、彼女はパ、ウ、ラ・ベ、ッ、カ、ー、に戻るのだ。そして、それこそが彼女の無上の歓びだ。

「私の半分はいつもパウラ・ベッカーで、そして残りの半分はそこで戯れている。」

★ ここで私はもうひとりの散歩者で洋ナシ愛好家、ジャン＝ジャック・ルソーのお気に入りの食事を思い出す。「私にたっぷりご馳走するのなら、乳製品、卵、香草、チーズ、黒パン、まずまずのワインがあれば問違いない。」

＊

PAULA MODERSOHNと、赤い大文字のサインが帯状に書かれた一枚の肖像画。女たち、彼女の姉妹や農婦たちの肖像画。男たち、彼女の兄弟や農夫たちの。M夫人の二枚の大きな裸体画、腰は肉づきがよく、胸は垂れ下がり、表情は辛抱強く、物思いにふけっていて、目はほぼ閉じている。「こうしたことすべての簡潔な偉大さ」。複雑にしないこと、気をそらせないこと、「過大評価しないこと」。彼女は探し求める。彼女は文字どおり、絵筆の軸で物質を掘る。彼女は「絵具を塗る感触」が好きだ。彼女は、厚みのある、幾層にも塗り重ねた深み、通り過ぎるものや降りかかるものといった時の働きで変形した昔の大理石や砂岩の彫刻のように「ざらついた生き生きとした」表面を作り出そうと励む。

「意識的にせよ、無意識的にせよ、ただひとつの目的だけが私の頭を占めている。」「おお、描くこと、描くこと、描くこと！」

オットーの日記。「パウラは描き、読み、ピアノを弾く、など。家は確かな人の手に委ねられている。——彼女の家族に対する関心と家との結びつきが弱すぎるだけだ。それが改善されることを僕は願う（……）。彼女は約束事が大嫌いゆえ、今や角張ったもの、醜いもの、奇矯なもの、どぎついもののほうを好むという誤りに陥っている。色彩は驚くべきすばらしさだ――だが、形態は？　表現は！　スプーンのごとき手、穂のごとき鼻、傷のごとき口、白痴の顔。彼女はすべてを誇張する。（……）そして彼女に助言しようとしても無駄だ、いつものように。」

一九〇三年夏のフリースラント地方〔オランダ・ドイツの北海沿岸にある地域〕でのバカンス中、パウラは自分の家族に愉快な手紙を書き、トイレで腹痛に苛まれて紙を、早く紙をくれ！　と訴えるオットーを描写する。

*

それは今の彼ら、結婚生活の日常、日々の習慣だ。

家のまわりに、彼女はバラの木、チューリップ、カーネーション、アネモネを植えた。水をやり、雑草を抜き、爪が黒くなる。庭の中に縁取りと小径の線を引き、生い茂った花壇をところどころに散らし、人目につかない片隅には小さなベンチをと思い描く。弱い花を見つけると色のついたぼろきれで添え木をする。ムードンで見た草木を整えない趣向の庭に感化され、彼女はドイツ風の庭などいらないと言う。蔓棚まで設えて叔母のマリーにその突飛な様子を描き出し、ひとつはニワトコの下に、もうひとつは樺の木立の下に、もうひとつにはカボチャを這わせようと思う……　彼女は庭の真ん中に大きなガラスの球を置き、それは彼女の何枚かの絵の中で奇妙で夢幻的な趣きを見せている。

　オットーのほうは、鳥の剝製を蒐集する。彼は剝製のカモメ、フクロウ、アオサギ、カモ、渉禽類に囲まれて暮らしている。水槽の中には、カニが一匹、コイが一匹、白いブリークが一匹、カエルが三番、サンショウウオが一匹、水グモが無数。そしてガラスの鉢の中には金魚が四匹いて、パウラはそれらをマティス風に、だがマティスより十年早く描く。彼女はオットーのことを、夕べに「パイプを吹かしてご機嫌」と描写する。彼にとって、「生活は芸術の後の休息にすぎない」。

　一九〇四年夏、彼らは自分たちの家から十五キロほどのところにあるフィッシャーフーデで過ごす。それはもうひとつの芸術家村でヴォルプスヴェーデよりもさらに平らで、やがてほぼ同じくらい観光的になる。そこには今日、オットー・モーダーゾーン美術館がある。(★)彼らが逗留した宿屋は今もあり、洒落たホテルになっている。彼らと一緒なのは、フォーゲラー夫妻、そしてパウラの姉ミリーとその夫だ。ボート遊び、川での水浴、イザドラ・ダンカン風のダンス。オットーはフルートを吹く。そしてヌーディズム。河畔での調味料を使わない朝食――フォーゲラー夫人抜きで、とオットーは日記に細かいところまで記している。

それはドイツ式の野外の衛生学の始まりだ。一九〇四年はミュラー中尉の体操本、『私のシステム』が一気にベストセラーになった年だ。(★★)ギリシャの美という理想。毎朝、一糸まとわず十五分間の運動。この「空気浴」はひじょうに人気を得た。イギリス皇太子とフ

★ パウラの死後、彼はそこで人生をやり直した。クララ・ヴェストホフがルートと二人だけで暮らすことになるのもまた、フィッシャーフーデである。彼女はそこで一九五四年に亡くなる。

★★ ミュラーはデンマーク人だった。その後、ドイツの自然回帰主義協会が一九一八年に世界で初めて創立され、スカンジナビア諸国がそれに続く。ヨーロッパの自然回帰主義の主要な中心地のひとつは今日も変わらずフリースラント地方にあるアムルム島で、そこでパウラは晴雨にかかわらず水浴をしていた。

ランツ・カフカがこれに打ち込み、そしてパウラもだ。彼女の夫のかわいらしいデッサンが、体操する彼女の裸で、肉づきがよく、人に活力を与えるような姿を示している。彼女は妹のヘルマが体操場（ギムナジウム）に登録するように仕向け、そして読書癖に溺れすぎないように後押しする。

このフィッシャーフーデ滞在では二つの重大な場面があった。パウラのベッドが崩れたこと。パウラとハインリヒ・フォーゲラーが激しく言い争ったこと。私はそれ以上のことは知らない。

*

一九〇四年秋——沈黙。手紙はまばらで、日記は中断する。パウラはよいものが何も描けないと嘆く。

一九〇四年冬のある一枚の写真で彼女はアトリエでユリの花模様のソファーに腰掛けていて、そのソファーはしばしば彼女の絵に登場し、リルケの白と王侯貴族の夢想を花開かせていたあのソファーだ。彼女の横には、子供と一緒の農婦の肖像画が置かれている。床には、バケツがひとつと石炭スコップが一本。地味な色の厚手のドレスでお洒落なのは、カメオで留めた襟と取り合わせたレース地のマフだけ。

まるで彼女と同時代のハンザ同盟の作家、トーマス・マンの『ブッデンブローク家の人びと』(★)の登場人物のようだ。バルト海沿岸の大気の中で育ったプロテスタントの、ブルジョワの、メランコリックな、あの真面目な若い女たちのひとりだ。

私は彼女の力がどこに宿っているのかを見て取ろうとする。彼女のまなざしは捉えどころがない。見開かれていて、もの思わし気。それは、ひとりで、描く女、自分の絵が見られることのない女の写真だ。

＊

★　一九〇一年刊行。

同じ年、リルケはとある若い詩人に書いている。「ある日（その確かな徴（しるし）が今や北方の国々では現れており、その徴がそこでは天空に輝いている）、ある日、少女と女は単に男の反対物であることをやめて、彼女たちは彼女たち自身でひとつの現実となるだろう。もはや補足でも限界でもなく、存在であり生である。それは女性の形を取った人間の条件となるだろう。(★)」

*

彼女は探し求める。彼女はかき混ぜる。彼女は捏（こ）ねる。赤いタータンチェックの旅行用毛布にくるまれて眠り込む赤ちゃん。麦わら帽子を被った幼い女の子。黒いヴェールをつけた老婦人。

練り合わせた絵具の塊があれば、こちらでは線が、あちらではまなざしが出現するだろう。クローズアップになった乳房を吸う赤ちゃん。裸の小さな女の子たち。小さな女の子たちの腕に抱かれた猫たち。キャベツと陶器。馬場。牝牛。風景がいくつか。

彼女は絵具の塊から糸と線とを引き出す。そしてそれはあたかも、彼女が自分の絵を来る日も来る日も解いて、マチエールの中にそれらを新たに溶かし込み、自分の一色塗りから世界の立体感と色彩に彩られた形態を抽出するかのよう。

でも、形態はたるんでいて、彼女は堂々めぐりになる。彼女は自分がひとりぼっちだと感じる。パリ、彼女のパリが恋しい。ヴォルプスヴェーデでの生活は「純粋に内的な体験」からできているように彼女には思われ、そして彼女には都会の美、その喧噪、その沸き立ちが必要だ。オットーはまだ許可を与えてはいなかったけれど、それでも彼女はまた出発するだろう。

＊

一九〇五年二月十四日から十五日にかけての夜、「パウラ・モーダーゾーンなる女」は、と彼女は妹のヘルマに面白おかしく書いている、灰色の上着に身を包み、それに合わせた

★ リルケ『若い詩人への手紙』、一九〇四年五月十四日。

帽子を被って、パリ行きの列車に乗っている。ヘルマは十六区で住み込みの家庭教師として生計を立てている。二人の姉妹は再会して大喜びだ。大いなる姉妹愛、彼女たちの手紙から読み取れる特別な愛情が、このとき開花することになる。

オットーは妻がまた出発するのを見てとても心細くなる。そして資金がいささか乏しい。この冬、彼はかろうじて絵を二枚売った。

パウラが彼に書いた最初の手紙は楽し気で、半ばフランス語まじりだ。

「エックス＝ラ＝シャペルでは（ダン・エクス・ラ・シャペル）
私はとても忠実（ジュ・スイ・トレ・フィデル）
ヘルベスタールから（ド・ヘルベスタール）
キスを数えきれないほど（デ・ベゼー・ゾンダー・ツァール）
ヴェルヴィエで（ア・ヴェルヴィエ）
キスをもうひとつ（オンコー・アン・ベゼー）
リエージュからナミュールへ（ド・リエージュ・ア・ナミュール）

私は思う、おばさんのペットのことを。（ジュ・パンス・アン・ダス・タンテンゲティーア）
シャルルロワで（ア・シャルルロワ）
おばあちゃんのことを（アン・ディ・グロースママ）
パリで（ア・パリ）
私は楽しみ、今まで一度もないくらい。（フロイ・イッヒ・ミッヒ・ヴィー・ノッホ・ニー）
私はあなたのもの（ジュ・スイ・ラ・ティエンヌ）
あなたのかわいいパリ娘（タ・プティット・パリジェンヌ）
まん丸帽子を被って（アヴェック・ソン・シャポー・ロン）
彼女は世界を見に行く（エル・ヴァ・ヴォワール・ラ・モンド）
灰色の帽子を被って（アヴェック・アン・シャポー・グリ）
気苦労もなくて（サン・スーシ）

私はパリ。やっと、でも電報しておいたのに、私は私たちのかわいいヘルマには会えず、庭に面したカセット通りの小さなかわいらしい私の部屋にも行けなかった。明日また考えましょう。今私が考えているのは、よく眠ること。あなたたち三人にたくさんの想いを送ります。あなたたちのP.（3）」

＊

二月十六日から十九日にかけては、オットーへの手紙が立て続けに三通あるが、口調ははるかに陰鬱だ。カセット通りの部屋、木と静寂の部屋はふさがっていた。新しい部屋はごく狭い「籠」、壁に面した「牢獄」だ。それで気持ちが萎えてしまって、呆然とするあまり外出できないほどだ。ヘルマと田舎で一日過ごして、彼女は元気を取り戻す。マダム通り六十五番地、庭と空に面した七階に引っ越す。天蓋つきのベッド、テーブルと椅子、暖炉、フランス窓が二つついたバルコニーで、ひと月四十五フラン。彼女は今回はアカデミー・ジュリアンに登録し、その後美術館を回れるように朝早い授業を取る。女子学生たちはまるで百年前のように描いていると彼女は思う。とあるロシア人女性が、あなたには自分が描いているように本当に世界が見えているのかと彼女に尋ねる。人々には驚くばかりで、服装も振る舞いもまるで男性といったポーランド人女性までいる。そして媚びすぎで、あまり感心できない女性たちも。

通りでは、人々が彼女のほうを振り返っては笑う。灰色の帽子のせいだ。商店の女主人たちが彼女を指さす。ひとりの御者が彼女をからかう。ドアボーイが彼女を無政府主義者扱いする。彼女はボン・マルシェに駆け込んで、もっとパリ風の被り物を手に入れなくてはならない。そして、ジャガイモが全然見つからない。その代わりに、パン、いつもパンだ。彼女の母親はエルスベートの世話をするためにヴォルプスヴェーデにいて、スノードロップの花束を送ってくれる。首都から村へと洪水のように手紙が送られ、また返ってくる。アカデミー・コラロッシの壁に落書きがあるのを見た、「クララが好きだ」と書いてあった。だからこれはリルケの仕業だ、と彼女は確信する。オットーがカーニヴァルに来られたら、とても愉快なのに。『エルナニ』の上演、こんなに「ありえないほど仰々しい」劇のためにみんなが戦ったなんて、信じられない。フランス人は「彼ら自身の言語に毒されて」いる。肉屋の伝票? 肉屋の何の伝票? きっと何かの間違いだ。私が帰ってくる前に、絶対にあなたが払ったりしないように!

オットーの母親が急死する。彼はパウラに戻って来てほしいだろうか。あなたがそう言うなら、私はすぐに列車に飛び乗ることにする。でも、だからといってパリ旅行を諦めないでほしい。私はあなたにたくさんのことを見せたいんだから! 本当にいいわ、ここは! 彼女はコッテと親しくなったし、スロアガとすれ違い、展覧会をたくさん見た。国立図書館ではレンブラントの版画。マイヨールの彫刻。ファン・ゴッホ。そしてマティス、なんたる驚異、そしてパリのサロンではスーラ。点描主義が流行っていて、なんて奇天烈！　彼女はナビ派を発見し、モーリス・ドニを訪問する。そしてもうすぐカーニヴァルだ。本当に、今回は、あなたは来なくちゃだめ。

オットーは母親を埋葬し、パウラは彼に、ヘルマと「二人のブルガリア人」とのブローニュの森散策の模様を語る。オットーは気落ちした老父の世話をし、彼女は茶色い髪の、美男で聡明だけれどニンニクを食べ、唾を吐くエスコート係と一緒に過ごしたリュクサンブール公園での「おそろしいほどおかしな」一日から戻って来る。デッサンの授業は今週で終わり。彼女はそれが本当に悲しい。でもなんてすばらしい春！　パリの人たちはカンカン帽を取り出した。ムードンでは、桃の花が満開だ。そしてフォリー・ベルジェール！　街中の人々がキスを交わし、みんな恋することが必要なのだ。オットーは来なくちゃだめ。「さようなら、私の愛しい人、私のカッコウさん、ここでは、かわいい恋する娘たちはそう言う（ザーゲン・ヒア・ディー・クライネン・フェアリープテン・メートヒエン）の。（……）心の底から私はあなたのもの。あなたのかわいくて愛情深い妻より。」

オットーはやって来る。

オットーの日記。「三月二十九日から四月七日。ミリー、ハインリヒ・フォーゲラー、マルタとマリー・フォーゲラーと一緒にパリ旅行。僕たちは全員、パウラのホテル（マダム通り）に泊まった。ファイエのところでゴーギャンの絵を見た。そしてバッファロー・ビル〔アメリカ西部開拓時代のガンマン、興行主ウイリアム・フレデリック・コーディ（一八四六－一九一七）による西部劇ショー〕も。滞在は快適ではなかった。」

＊

ヴォルプスヴェーデに帰る。この地の運河のそばにいると、オットーは他所にいるより気が沈まないような気がする（一週間丸々彼は黙りどおしだった）。彼は旅行の必要性を認める。パウラが彼らの生活を単調だと感じていることを理解する。彼女がもたらしてくれたすべてのものを日記にまとめる。運動、空気浴、真夜中の散歩、氷上のスケート遊び、自由気ままに生きること、若さ。

いずれにしても、パウラは決めた。今後は自分は、毎冬パリで過ごすことにする。ヴォルプスヴェーデ、光の不足、霧、ぬかるんだ寒さ。もうおしまいにしよう。彼女はまた別の旅を準備する。五十マルクのへそくりがあることを母親に打ち明ける。「誰かほかの人のために」四百マルク貸してほしい、またそのことをオットーに言わないでほしい……と、カール・ハウプトマンに頼む（ハウプトマンとその妻はほどなく彼女のことを「浮薄で心ない人だ」と判断を下す）、そして、自分は「ほかのことも体験してみたい」と打ち明ける相手もやはり母親だ。そして、赤ちゃんを見るとうらやましいとも。

オットーは絵を何枚か売り、そのおかげでハンブルク、ドレスデン、ベルリンにちょっと滞在し、ブレーメンでは劇場に出かけ、そしてワーグナーを聴く。一九〇五年十二月に夫妻はハウプトマン家を再び訪れ、そこで社会学者のヴェルナー・ゾンバルトと出会い、雪を被った山々を鑑賞する。そう、オットーは努力しているのだ。

こうした日常生活、春へと向かう冬から、かくして絵がいくつか生み出される。何枚かの静物画。麦わら帽子を被った一枚の肖像画、感動的ではあるものの、まるで未完成のようだ。パウラの指示どおりに、花もないのにチューリップのように指を開いた不思議なポーズをした少女たちがたくさん。この上なく重々しいものとしての幼年時代。少女たちは世界が自分たちのものではないと、早くから知っている。

そしてクララがヴォルプスヴェーデに戻ってくる。いろいろあったけれども、彼女はやはりパウラの親友だ。パウラは、白いドレスを着て、一本のバラを手に頭を少し傾け、重々しい表情の彼女を描く。厳かだけれど大げさではなく、そして真面目で、そして力強く、そして美しい、パウラ・ベッカー様式のポーズ。

それから、アイリスのある一枚の自画像。それは転換点、完璧な瞬間だ。単純明快。私はここにいて、アイリスはここにある。ごらんなさい。これが私だ、色彩の、二次元の中にいて、謎めいていて、落ち着いている。

パウラはもうすぐ三十歳だ。絵は緑、オレンジ、アイリス色、黒だ。スミレ色の強烈さ、暗い色の目。肌と髪はオレンジ色。ドレスと背景は緑色。それは彼女とゴーギャンの間にある島で、彼女はその『ノアノア』を読んだ。ネックレスの真珠は、眼と同じ形と色だ。口を半ば開き、張りつめたまなざしの彼女は息を吐き、彼女は息を吸い、彼女は今にも話し出しそうだ。

＊

それ以後、パウラは数多くの自画像で琥珀を身に着けている。贈り物なのか、それともそれらのネックレスを自分で買ったのか。ハンザ同盟の、この北欧の、バルト海沿岸の、ロシアの、ヴァイキングの琥珀。琥珀、松脂（まつやに）の化石、首に掛けた古の樹液。オヴィディウス曰く、「神々の涙」、幾千年をへた昆虫たちをはめ込んだ記憶の石。琥珀はガラスとは反対に、触れると生暖かい。

「私はとても強烈に、現在に生きていると思う。」

オットーは日記に書く。「無限の色彩感覚――とはいえ、どぎつく、調和に乏しい絵。彼女は素朴な絵画に敬服していて、それは彼女にとってとても具合が悪い――彼女は芸術的な絵画に集中すべきだろう。彼女は形態と色彩を結合しようとしている――彼女のやり方では、成功する可能性は皆無だ。（……）女たちは自分たち自身で創造するのにたいそう苦労する。リルケ夫人がいい例だ。彼女は口を開けば、ロダン、ロダンと繰り返すばかりだ。」

＊

パウラの日記は中断する。(★) 残されているのは手紙だ。彼女が書くとき、それはしばしば周囲の事情で描くことがままならないときで、そして彼女はそのことについて語っている。欠乏感、そして衝動。絵が自分の元から去るのを見て泣き言を言う思わせぶりなフォーゲラーのことを、彼女は少し馬鹿にする。何も売らない彼女のほうは、「芸術というものは豊穣さと永遠の誕生として、未来のほうだけを向いている」、と書く。

絵はそこにある。それだけで自足している。彼女は絵を言葉で描写することをほとんどしない。自分の芸術についてほとんど語らない。クララは自分の女友だちの死後、この沈黙を思い起こす。「もしかすると彼女には、そうしたことを理解できるような仕方で言葉

★　リルケは一九一七年に彼女の文集の没後刊行への参加を断ったとき、最後の数年の記述が（もしかするとパウラ自身によって）取り除かれたのではないかと疑問を呈している。「あるいは単に、終わりの数年が短かすぎたせいで、息を切らして自分の芸術とともに駆け抜けていった彼女は何事かを言葉で表すことなどできなかったのではないか」。

にするのは不可能だった――そうした体験はもしかすると彼女にとってはとても言い表しがたいものだったので、その体験の唯一の表現は、彼女自身の仕事の中に現れる変化だった」。それに、どうやって絵を言葉で書けばいいのだろうか。描線や形態、色同士の対比を描写することはできる。それらを注釈し、批評することはできる。それらの歴史を作り出し、文脈の中に置くことはできる。だが、それらを書くことは？　言葉とイメージの間にぽっかりと開いた空間。裂け目からいくつかの投影、いくつかの夢が昇ってくる。この時期ジヴェルニーで、モネは水の上の架け橋と浮草、光、〈睡蓮〉の連作を始めた。

＊

三十歳の誕生日にパウラの母親マティルデは娘に見事な手紙を、情熱と激しさに満ちた物語を、一八七六年二月五日、ドレスデンでのミンナ・ヘルミーネ・パウラ・ベッカー誕生の叙事詩を書く。

それはひとりの女性から女性への、出来事から三十年が過ぎた後の手紙だ。男たちのいない世界での、母から娘への手紙――**大いなる秘密**をめぐる手紙。その夜、ヴォルデマール・ベッカーは不在だ。エルベ川が凍り、氾濫した。嵐が吹き荒れる山々はもぎ取られた森の立木を吐き出し、いたるところで洪水になり、設置したばかりの線路は押し流されてしまいかねない。夫が留守のせいで、若い妻は子供が二人生まれてから初めて、無知で頭の足りない産婆と格闘しながらひとりで出産させられることになる。

ミンナ・ヘルミーネ・パウラはそれでも誕生した。マティルデは二十三歳、ベッドで彼女のちっちゃなハチドリに授乳する、雨が窓に叩きつけ、石油ランプからは油が燃料タンクに小刻みに漏れ続けている。巨漢の老産婆はコーヒーを温めて飲みたいと思いコンロからアルコールを溢れさせ、ありとあらゆるものに火がつく。パウラの母親は炎に包まれた彼女、咳込み、キリストの名を吐き出し、ベッドの上に一切合切放り投げる以上のことを思いつかないひとりの魔女を描き出す、そして火事を消し止めなければならなかったのは、出産した若い女だ。丈夫なマティルデがこの叙事詩的な出産、発熱、乳管の閉塞、感染症から回復するには、半年かかるだろう。でもそんなことはどうでもいい、彼女のちっちゃなハチドリは今日三十歳を祝っているのだから。

V

三十歳。『人形の家』のあのノラのように、パウラはすべて、家からも夫からも離れて、ほかのこと、未知のことへと向かう。

日記、一九〇六年二月二十四日。「私はオットー・モーダーゾーンと別れて、かつての自分の人生と新たなそれとの間に身を置いている。この新たな人生はどんなものになるのだろうかと自問する。（……）それはなるべきようになるだろう。」

数日前から、彼女は必要となる身の回りの品をブリュニェス家のアトリエに運んでいた。

彼女はリルケにこの秘密を打ち明ける。あまり見苦しくないベッドのマットレス台、イーゼル、机と椅子を探していただけるかしら？　カセット通りに宿を取るつもりです。彼女はどうサインしたらよいか分からない。

「私はもはやモーダーゾーンではないし、もはやパウラ・ベッカーでもない。

私は

私、

そして私はもっともっと**私**になるように望む。」

同じとき、ヘルマは彼女たちの母親に手紙を書く、パウラがパリに逃げ出すのを本当に諦めて、善良なオットーの誕生日を珍しく一緒に過ごしてくれることになって私はとても嬉しい、と。

*

いつものように儀式ばって、しばしばそうであるように寛大に、リルケはパウラの意のままになる。「あなたの新たな人生に僕を受け入れてくれて感謝します。（……）あなたのために、またあなたとともに喜ばしい気持ちでいることをご承知おきください。敬具、ライナー・マリア・リルケ。」彼は金策をして彼女を助ける。百フラン貸す。銀行家でパトロンのカール・フォン・デア・ハイトにこのことについて話す。「モーダーゾーンの奥さんがとても個性的な進化の只中にいるのを発見して、僕はこれ以上ないくらい驚きました。彼女は、本能的に、また素直に描き、彼女の描くものはひじょうに「ヴォルプスヴェーデ」風であるにもかかわらず、彼女以外の誰かがそのように見たり表現したりすることはできないでしょう。」そして彼は彼女から絵を一枚、しずくの形の頬をした幼い子供の絵を買う。それは彼女が売った生涯で最初の絵だ。

*

パウラは家賃が高すぎると言ってカセット通りを離れ、そしてメーヌ通り十四番地にアトリエを見つける。モンパルナス界隈は建て直しのためかなり様変わりしたものの、そのアトリエは今でもある。リルケは家具探しの面倒を見ることができなかった、それに彼はいつもどおりすばやく移動し、すでにパリを離れていた。幸い、ブルガリア人のひとりが来てくれた。彼はパウラのためにテーブルをひとつと棚をいくつか、あり合わせのもので拵え、彼女はそれを色のついた布地で覆う。ヘルマは彼女たちの母親に宛てて、その一部始終を陽気さを装って描き出す。パウラは、彼女のほうは、ヘルマが鬱々としているように感じる。

*

オットーへの冷たく沈んだ最初の手紙で、パウラはほかのことについて話す。そして、彼らがそこにいないことをはっきりさせるために、ブルガリア人たちについて少し話す。それから、悲嘆にくれた、切羽詰まった手紙の山が殺到すると、自分たちが別れることは避けられないと彼に納得させようとする。

そして国立美術学校に登録できるように、私のアトリエに行って私の裸体画の中で一番よいものを六点送ってくれるかしら。デッサン群はドアに掛けた大判の赤い紙ばさみの中にある。それを丸めて筒に入れて、関税を節約するために「商業的価値なし」のラベルを付けて私の新しい住所に郵送してほしい。そして身分証明書をアトリエに置いてきてしまったはずなのだけど、登録にはそれも要る。それがなければ、婚姻証明書でも使えるわ。

ああそうだ、そして解剖学の本が棚の上に置いたままだ。そしてまた、私にはもうお金がないの。送金をしてほしいのだけど、あなたは変わらず同意してくれるかしら。どうもありがとう。パリでは草木の芽という芽が出ているわ。エルスベート、かわいい刺繍をありがとう。愛情をこめて。

＊

オットーは力をふり絞り、彼女のかつての手紙、彼女が書いた数々のラブレターを引き合いに出す。そして自分たちの庭のことを話し、黄色い花が咲き始め、春が訪れると言う。

「親愛なるオットー。私はあなたをどんなに愛していたでしょう。（……）でも今はあなたのところに戻ることはできない。私にはできないの。私はあなたに他所で会いたくもない。そしてあなたの子供も一切欲しくない。今は要らない。」

私は決めたの。そうしなければだめ。あなたは辛いし、私も辛いけれど、生きて仕事をしなければだめ。そしてパリについてさらに語る。そしてブルターニュ地方のことも。列車でほんの十時間のところにある広大な海の広がり、リンゴの木、太陽、気候の穏やかさとバラ、モン＝サン＝ミシェルとプーラールおばさんのオムレツ。今日であればアール・ブリュットと形容されるだろう、彫刻を施されたロテヌフ[4]の岩山の絵葉書を彼に送る。この旅行にお金を出してくれたこと、また先月の二百マルク、そのおかげで家賃とパリ到着時の費用を賄えたことのお礼を言う。でも私を助けてくれるなら、それなら私がそのたびに無心しなくても、毎月十五日に百二十マルク送ってほしい。

オットーはパウラのアトリエから、静物画をすべて持って来た。彼はそれに囲まれて生活する。そこから想を得て、絵の中に生、輝き、息吹を見出そうと試みる。でも、この哀れな男に付き添うパウラの母親によると、彼が手に入れるのは「数学的な証拠のようなもの」だけだ。

そしてフォーゲラー夫妻がパウラの絵を一枚買いたいと言うと、それを手放してもよいと納得してもらうためにオットーに何度も頼まなければならない。ブリュニェス家のアトリエを訪れた女友だちのひとり、ブロックハウス夫人(フラウ)もまた、静物画を一枚買う。お金が手に入ったおかげで、パウラは借りた分をリルケに返せることになるが、そのために彼女はオットーに送金係になってもらう……　リルケが買った幼い子供のものと合わせて、彼女が生前売ることになるのはこの三枚の絵だ。

オットーはと言えば、この年初めに絵を五枚売った。パウラは、彼にお金を出してもらえるように手紙を書いてほしいと、妹のヘルマに頼む……　そしてもうひとりの姉妹の姉のミリーには、モデル代を支払うための六十フランを。

お金（ラルジャン）、大急ぎで（リュルジャンス）。彼女がひとりでいられるために肝心なもの、彼女の独立を行き詰まらせるもの。

*

「私は何者かになる。」パウラの手紙ではこの真言（マントラ）が響き渡る。モーダーゾーンでもベッカーでもない。何者か。

ベルンハルト・ヘトガーが、そうするように彼女を励ます。ヘトガーはパリで出会ったドイツ人彫刻家だ。彼は彼女の才能に感嘆し、呆然とするほどだ。パウラは彼の妻にも会う。モーダーゾーンと知り合った最初の頃が繰り返されそうになる。感嘆、承認の要求、大事なのはあなたの意見だけ、自分のことをとてもひとりきりだと感じていた私、あなたは私を信じてくれる、そのことに私はうれし泣きする、私を固く閉ざしていた扉をあなたは開けてくれる…… でもヘトガーは自分の妻を愛している。パウラは彼女の肖像画を何枚も描く。長方形の美しい頭、四角い襟、額の三つ編み、真っすぐで大きな力、「描くのにすばらしく、そして厳かな人」。チューリップの形をした手。

ヘトガーはと言えば、「壮大のひと言に尽きる、見事な横たわる裸体像」に取り組んでいる。パウラはこの友人のところで、やがて自分の墓碑となるもののひとつの形をじっと見つめる。彼女にあと残されているのは、一度の春と二度の夏だ。

*

彼女は仕事する。静物画、自画像、たくさんの大画面の裸体画。一九〇六年の一年だけで、絵が八十枚以上。四日か五日ごとに一枚の絵。まるで熱に浮かされたよう。彼女は自分の絵とともに生き、夜中に目覚めては月明りでそれを見つめ、朝の初めの光でまた取りかかる。ペースを緩めようとする。一枚一枚にもっと時間をかけてみよう。でも、一枚にこだわっていては「すべてを台無しにしてしまいかねない」。

*

リルケが、変わらず秘書を務めているロダンと一緒の旅から三月末に戻る。パウラと彼は、大勢の崇拝者とともにパンテオン前での《考える人》の除幕式に立ち会う。でも、五月十日、ある誤解のせいで、ロダンはまるで「盗みを働いた使用人」のようにリルケを解雇する。ムードンから追い出され、一文なしになり傷ついた詩人は、カセット通り二十九番地のいつもの住所に身を寄せる。

彼はそこでパウラのためにポーズを取る、また取り戻されたこの時の中で。彼らは向かい合い、見つめ合い、言葉を交わしては押し黙り、互いに惜しみなく与え合う二人はまるで友情を育むかのようにその絵を制作する。彼らがともに過ごした時間の痕跡を、この肖像画はとどめている。リルケはオレンジ色、白、黒、緑だ。彼はとても若く見える。顎髭はファラオ風、口髭はフン族風、襟は高く堅く、額は広く、目には隈があり、白眼は紫色、目玉が飛び出たようなまなざしで、眉は上がり、口は開いている。彼は『アデル・ブラン＝セック〔『アデル／ファラオと復活の秘薬』リュック・ベッソン監督、二〇一〇年。アデルは秘宝を追う女性記者〕』の面食らった教授たちに似ている（そしてパウラの帽子はアデルの帽子に似ている）。唇は厚ぼったく、鼻は膨らみ、顎髭は長方形で目は虚ろ。顔は右のほうに引っ張られて歪んだようだ。リルケは遠くを、あらぬほうを、自分の中を見つめており、どうやって生きてゆけばよいかよく分からないものの、残りの人生で彼を書くことへと向かわせるであろうものに、はっとさせられているように見える。

　パウラには、ほかの人には見えないものが見える。ちょうど二十年後の、一九二六年四月三十日、画家のレオニード・パステルナークがリルケに書いている。「私はある雑誌、『クヴェアシュニッテ』であなたの肖像画を二枚見た。一枚については画家の名前を忘れてしまったものの、絵はあなたと幾分似た感じが出ていると思う。反対にもう一枚――結構有名で、私の知るところでは才能がないわけではない女性画家、パウラ・モーダーゾーンの筆による――のほうは、遠目から見てさえ、あなたと似ているところが私には一切見つけられなかった。こんなに変わってしまうことなどありうるだろうか。もちろん、これは思い違いをしているか名前が間違っているんだ、たぶん……まあ、その話はこれくらいにしておこう。」

＊

この一九〇六年の春、パウラとリルケは彼らよりもうんと年上のリルケの友人のスウェーデン人フェミニスト、エレン・ケイを時折伴って、毎週日曜日をフォンテーヌブローかシャンティイで一緒に過ごす。土曜の晩は、モンパルナス大通りとレオポール＝ロベール通りの角にあるジューヴァンへ、二人きりで夕食をとりに行く。同時代人のひとりがこのビストロを、こんな風に描いている。「そこではテーブル同士が極めて近かったので、話しが筒抜けだった（……）。われわれにはまわりであらゆる言語が話されているのが聞こえた（……）。なんてたくさんの女の画家！　彼女たちはどんな絵を描いていたのだろう？　彼女たちは丈の長いスカートをまとっていた。「よちよち歩き（ホブル）」スカートの時代だ。そして花と果物を載せた、巨大な帽子を被っていた(★)」。パウラはそこでアスパラガスを、そしてリルケはメロンを好んで注文する。

★　アドリアン・ボヴィ〔一八八〇－一九五七。スイスの彫刻家〕『友人たちの見たラミュ、一九〇六年の想い出』、ラージュ・ドム出版、一九八八年、所収。

五月十三日、サン゠クルーへの散歩から帰ると、パウラは自分のかばんがないことに気づく。リルケはできることは全部やり、ジグザグに歩き回り、精一杯努力する。「僕はサン゠クルーの、僕たちのベンチに、青い東屋に、僕たちがお茶を飲んだ場所に、公園の派出所に、バトー゠ムーシュの事務所に行った。最後の二か所では、失くなった物とその中身を説明してあなたの住所を置いてきた。見つかった場合はあなたに知らせがあるでしょうが、当てにはしないでください。誰かが返してくれるのだとしたら、それはもうすでに戻って来ているはずでしょう、と僕は言われました。でも、大半の泥棒はそんな気はない。僕たちの午後の思い出が喪失感に浸されるのは悲しい。何かかけがえのないものがあの小さなかばんに入っていたのはとりわけ悲しいけれど、もうどうすることもできない。」

ほかの物も失われるだろう。世界は破滅の道を急ぎ、やがてヴェルダンの塹壕に自らを埋葬する。そしてパウラの生涯に残されているのはあと五百日だ。

六月初め、オットーが予告なしにパリに押しかけて、帰るようにと彼女を説得しようとする。ヘルマがとても辛い一週間のことを伝えている。もしかするとこのせいで、リルケの肖像画は未完成のままになったのかもしれない。夫の闖入を前にして、詩人は逃げ出したのだろう。真っ黒で、この世のものとは思えないあの瞳は、仕上げられることはないだろう。でも、私はそこに意図的に穿たれた通路を見たい。リルケの生き生きとしたまなざし、そして彼の亡霊のための突破口。

パウラは帰らない。一九〇六年の夏は灼けつくような暑さだ。彼女のアトリエにはノミがはびこり、そして空が見えない。なぜなら屋根が厚い黄色のガラス張りだからだ。この夏をどこで過ごそうかと彼女は思案する。どうやって乗り越えようか。どうやってこんな熱の砂漠に立ち向かい、どうやってこの先の瞬間を生きようか。人生がこの先短いことを彼女は知らない、けれどさしあたって、ここでの暮らしは耐え難い。彼女は外気と田舎を切望する。「私は、屋外で描くことができるような夏がこれからたくさん来てくれることを願う。」

八月三日、彼女は生涯こんな暑さは経験したことがない。頭がくらくらする、とリルケに書く、バカンス用にどこか素敵なところを見つけたら教えてちょうだい、私行くわ。彼女の署名は疑問形になっている。「あなたのパウラ――?」

リルケはクララとルートと一緒に、ベルギーの海岸沿いのフルネの近くにいると返事する。彼は村の名前をはっきり言わない。「ここは全然、あなたが求めているような海ではない。」そしてここは値が張る、オステンドとほぼ同じくらいだ。モルレとサン＝ポル＝ド＝レオン、そちらのほうがいいだろう。彼は鉄道の停車駅の一覧表を作ってあげ、一九〇六年の公式ガイドブック、『海水浴と観光、ノルマンディー』を、モンパルナス駅で五十サンチーム出して買うように勧める。サン＝ジャンとレ・バンのホテルに泊まるように。プリメル岬を見逃さないように。サン＝ジャン＝デュ＝ドワでは、ルネッサンスの泉と十五世紀の教会を見るように、浜辺に向かう日陰の道を通るように。

ベルギーで書かれているのにブルターニュを褒めちぎる、どこかずれた奇妙な手紙。「僕たちみんなからあなたによろしく、そして旅の計画が上手くいくことを願います。ロスコフに行くための一番いい列車は、夜八時二十四分のです。」

それでパウラは諦める。暑さの中の寒々しさ。静けさ。

一年後、リルケは彼女に後悔でいっぱいの手紙を書く。「今になって僕はあなたに言える、あなたの短い手紙がベルギーの僕のところに転送されてきたとき、あなたにいらっしゃいと書かなかったのは過ちだったとそのとき以来ずっと感じていた、と。僕はあのとき、クララとルートとの再会に心を奪われていたんだ、そして僕の印象では、オストダンケルクはあまりパッとしなかった。自分の返信で不当な仕打ちをしてしまった、そして、僕たちの友情がそんな態度を許す局面になかったのに僕は無頓着だった、という感情をようやく抱いたのは、もっと後になってからだった。（……）僕はね、僕を悲しくさせるのはね、今またあなたに会えないことだ。」

彼らが最後に会ったのは一九〇六年七月二十七日、ジューヴァンでの夕食のときだ。彼らはそれを知らない――こんなに若いと、これが最後とは分からないものだ、そして生き残った者がそこで交わされた言葉を振り返るとき、その意味は空しさの中へこぼれ落ちてゆく。彼らがともに夏を過ごすことはもうないだろう、一緒に散策することももうないだろう、パウラとの日曜日はもう決して訪れないだろう。

＊

八月十二日、熱の波は去った。パウラはパリで閉じこもっていることにもっと楽に、そしてひとりでいることに前よりも少しだけ楽に耐えられるようになる。鉛筆描きの一枚の小さなデッサンが彼女のアトリエの様子を示している。壁にはヘトガー夫人の肖像画が一枚、そして大画面の、子供と一緒に横たわる裸体画が一枚。

私がパウラと出会ったきっかけは、この大画面の裸体画だ。それは二〇一〇年だったと思うけれど、精神分析の母性をめぐるあるシンポジウムの案内、一通の一斉メールだった。画像はシンポジウムの内容を提示するものでごく小さかった、そして私は初めに、子供のときに私を魅了していた、両親が自分たちの寝室用に買った額に入った一枚のポスターのことを思った。七〇年代か八〇年代のあの芸術家、トフォリの母子像で、彼は暖色を背景とする丸い、または四角い人物たちを次々と産み出していた。でもそれはトフォリではなかった。

でもそれはやはり子供時代で、その一番最初の時期だった。この画家は誰なのか、授乳に関するこの知識は一体どこから来たのだろう？　なぜなら私は、当時の産院では教えられていなかった、また聖母子像でも一度も見たことがなかった、あのとても快適な姿勢をそこで初めて見たのだ。座った姿勢で子供を抱いて腕がふさがっているのではなくて、子供にぴったり寄り添って、横向きに寝ている。授乳しながらまどろみ、乳の泡と二人で感じ取る熱。二〇一〇年に私は三人目の子供を母乳で育てていた、そしてあらゆることと自分自身の決まりを無視して、その子に二年間母乳を与えることになる。

二〇〇一年に私は『あかちゃん』を執筆し、紋切型と「母親とは何か」という問いに対して闘おうとした。本が刊行されたとき、母性を真剣に受け止めることのできない男性というものが存在することを私は理解した。母親と赤ちゃん、この最初で平凡な経験の真実。母親が聖母(聖母子像)として、あるいはふしだらな女(ヴィーナスとクピド)として表象されていないと、彼らは困惑してしまうのだ。

パウラは画家で、横たわったモデル(女性モデル)が赤ん坊と向かい合って眠り込むのを見た。彼女は鉛筆描きのデッサンを何枚も取り、そして油絵を二枚描く。乳房には大きな乳輪があり、恥丘は黒く、毛が濃く、お腹は丸く、腿と肩はがっしりしている。デッサンでは、母親と子供は鼻先でやさしく触れ合っている。油絵では彼らはけだるい様子で、二人して胎児の姿勢を取って、大きな女性と小さな子供、対になっている。甘ったるさも、神聖さも、エロチシズムもない。それとは違う快楽。とてつもなく大きい快楽。別の力。

この油絵を見つめて私がすっかり理解したのは、私が今までこんなものを見たことがなかったということだ。こんな風に提示されているひとりの女性、それも一九〇六年に。パウラ・モーダーゾーン＝ベッカーとは誰なのだろう？　どうして私は彼女のことをこれまで聞いたことがなかったのだろう？　そして読めば読むほど、そして見れば見るほど（女性画家だけが、たぶん、それを見せてくれることが可能な別のいくつかの力強い授乳、自分の乳房を摑む母親）、私はさらにこう思っていた、私はこの芸術家の生涯を書いて、彼女の仕事を示すことに貢献しなければならない、と。

*

二〇一四年五月、私はルール地方のエッセンにいる。フランス人にとってルール地方と言えば炭鉱だ。でも、産業が盛んで人口が過密なこのどこでもない場所、パリ発のタリス〔フランス、ベルギー、オランダ、ドイツを結ぶ高速列車〕の終着駅には、世界で最も見事な美術館のひとつ、フォルクヴァンク美術館がある。ものすごく大きなガラス窓、軽金属の構造。そしてこの美術館には、パウラの油絵が一枚ある。彼女の自画像の中で一番優れたもののひとつが。

私は、エッセンのフランス＝ドイツ文化センター所長、ミシェル・ヴァンサンと一緒だ。そしてフォルクヴァンク美術館の学芸員のひとり、ハンス＝ユルゲン・レヒトレックと。ハンス＝ユルゲンは顔立ちがよく、若く、面白く、繊細だ。彼はまた困惑してもいる。地下に降りて、私たちに自画像を見せてくれる。この設置は……彼は言葉を探す……暫定的なものだ。

美術館の地下には、女性たちの作品が展示されている。天井は低く、それに照明も悪い。女性の芸術が芸術よりここまで劣るものだとみなされているのを、ほかのどこでも見たことがない。上階には、光の中に、ファン・ゴッホ、セザンヌ、ゴーギャン、マティス、ピカソ、ブラック、キルヒナー、ノルデ、カンディンスキー、クレー……　下階では、暗がりの中で古代の小彫像が雑然と、現代のビデオアート作品とごちゃ混ぜになっている。女神たち、母子たち、王妃たち。導きの糸はただひとつ、これらの作品は女性によって作られているか、あるいは女性を表象しているかだ。

死角になったところ、大きなテレビの後ろに、パウラの傑作、《ツバキの枝を持つ自画像》がある。展示の仕方がこうだというのは、この自画像が美術館の宣伝に使われているだけに、なおさら理屈に合わない。大通りに面した二メートルある縦長の旗の上でこの肖像画は波打っているのだ(★)。

本物の絵のほうは、小さい。六十×三十センチメートルだ。

彼女は私たちにじっとまなざしを注いでいる。

なんて悲痛なんだろう、とミシェルは言う。

とても悲しいまなざし、とハンス＝ユルゲンが確認するように言う。

二人の男たちは輝く虹彩の下に、涙の筋が見えないだろうかと尋ね合っていた。

彼女は自分を逆光で描いた、わざとだ。彼女は鑑賞者を光の中にとどめる。私には、彼女が軽く微笑んでいるように見える。でも唇の両端には皺があり、口角が下がっている。両眼には隈。チューリップの形をした片手で一本のツバキの枝を握っている。彼女はずっしりとした琥珀のネックレスを着けている。眉をかすかにひそめ、眉根が顔の中心に寄っている。

私が思うに、彼女は絵を描いている。だからといって解釈してはいけないということはない。結婚生活に対する苦い思い、失望、芸術的な孤立。それでも彼女は私たちを責めたりはしない。彼女のまなざしはまず自分自身の油絵の上に、自分の顔立ちを目をこらして探る鏡の上に注がれている。

これは、描いているひとりの女性の自画像だ。

＊

★　一年後、絵は上の階に移動したと、ミシェル・ヴァンサンは私に伝えることになる。

ナチスが全身ヌードのもう一枚の自画像とともに選び出し、パウラを**エントアルテト**、**退廃した**芸術家として展示したのは、この自画像だ。「没後ひじょうに称賛されたヴォルプスヴェーデの女性画家には、深く失望した。彼女の見方は著しく女性らしさに欠け、それに極めて下品だ。(……)彼女の仕事はドイツ女性と農民文化に対する侮辱だ。(……)繊細さは、女性的で母性的なものはどこに行った?(……)色彩と、病気で退廃した農民たち、子供たち、つまり人類の屑を表す白痴的な人物たちとの、胸のむかつくようなごった混ぜ。(★)」

*

パウラには、本物の女たちがいる。やっと**裸になった**女たち、男性のまなざしから裸になった女たちと私は言いたい。男の前でポーズを取るのではなく、男たちの欲望、欲求不満、所有欲、支配欲、苛立ちを通して見られたのではない女たち。モーダーゾーン=ベッカーの作品における女たちは、気をそそる(ジェルヴェックス)のでもなく、異国趣味(ゴーギャン)でもなく、挑発的(マネ)でもなく、犠牲者(ドガ)でもなく、我を忘れている（トゥールーズ＝ロートレック）のでもなく、豊満（ルノワール）でもなく、巨大（ピカソ）でもなく、彫刻的（ピュヴィ・ド・シャヴァンヌ）でもなく、清純（カロリュス＝デュラン）でもない。「白とバラ色のマジパンでできて」（ゾラによって揶揄されたカバネル）もいない。パウラにおいてはいかなる復讐もない。いかなる意見の表明もない。いかなる価値判断もない。彼女は自分に見えるものを示す。

そしてまた、本物の赤ちゃんがいる。美術の歴史は、半信半疑の聖母たちに抱かれた、恐ろしく不細工な幼子イエスを大量に産み出してきた。サルの鼻面、老人の首、よくてもせいぜい牝牛、ひどいと、まどろっこしいビリヤードのスリークッションを思わせるような有様の授乳。ちがうのだ、パウラの作品で見られるのは、私が今まで絵の中で一度も見たことがなかったような赤ちゃん、でも私が現実の世界で出会ったような赤ちゃんだ。乳を吸う小さい人の、集中し、大きく見開かれた、ほとんど動かないまなざし。乳房に置かれた手、あるいはぎゅっと握った拳。手首はまるでなくて、皺がひとつ。首は座っていな

★　二〇一五年、ルイジアナ美術館のカタログにおけるティーネ・コルストロプによる引用。一九三五年八月二十八日付ブレーメン新聞の長い論説では、《横たわる母と子》もまた退廃（エントアルテト）していると見なされている。

い。両脚は丸々としているものの筋肉は発達していない。時には腕がほっそりしている。頬は血色がよかったり青白かったりするけれど、決して大人のような色ではない。そしてまわりには、パウラの好きなあの丸いオレンジが描かれている……

幼いエルスベートが入浴のときに彼女の乳房に触り、問いかけると、パウラは昂揚して答える。「そこにはね、秘密があるの。」世界の起源。乳房の先にある生命。人間の子が女性の膣から出て来ること、それはすでにスキャンダルだ。でも、乳房がその子たちに授乳するためにあること、それははっきり言って盗みであり、横領だ。乳飲み児に乳房を含ませるオランピアなど想像できるだろうか。聖母の膣はどうかと言えば、それは狂気じみたテリトリーだ。

女たちの絵というものが存在するのかどうか私は知らないけれど、男たちの絵ならばいたるところにある。パウラがルーヴルを訪れたとき、この美術館で展示されていた女性芸術家はたった四人だ。エリザベート・ヴィジェ＝ルブラン、初めてコレクションに入った女性画家。コンスタンス・マイユールの寓意画。アデライード・ラビーユ＝ギヤールのパステルの肖像画。そしてもう少し近い時代の芸術家のオルタンス・オードブール＝レスコが、二十世紀の初めにルーヴル入りしている。リルケが一九〇七年のサロン・ドートンヌについて書いたクララへの手紙には、ベルト・モリゾだけに充てられた部屋、そしてエヴァ・ゴンザレス(★)の展示に関する記述が見られる。このような例はめずらしく、特筆に値する。美術館にせよギャラリーにせよ、展示する女性たちの数は展示される女性たちの数よりもはるかに少なく、そして後者のほうは極めて多くの場合ヌードだ。そしてヌードを描いたゆえに、コンスタンス・マイユールは、ナポレオン治世下で嘲笑され、罵倒された(★★)。

人は女たちを描く。「人」、それは男性形の普遍性、幾世紀にもわたるそのまなざしのことだ。パウラは一九〇六年春にゾラの『制作』を読む。セザンヌから着想を得たこのフィ

★　エヴァ・ゴンザレス（一八四九-一八八三）、マネの弟子、出産の数日後に肺塞栓症により三十四歳で死去。

★★　一八一二年、某ル・フランが彼女の《水浴する若い女（ジュンヌ・ナイアッド）〔ギリシャ神話の泉・川の精、ナーイアス〕》を抹殺する。「若い娘が人体の美しいプロポーションとは何かを学んだり、人体を構成するひとつひとつの筋肉の形態と機能について教わったり、挙句の果てには大腿骨と仙骨について、そしてそんなことを学んでも少しも為にならないと私には思われるほかのたくさんのくだらないことについて知識を得る、そんなことのためにこれほど入念に力を注ぐのはいかがなものかと私は思う……　女性というものは大それた望みを抱くことなく、花束をい→

クションの中では、女性は裸で、恥じ入っていて、凍えるように寒いアトリエで犠牲にされるモデルだ。「こうして、クリスティーヌは、すっかり打ちのめされて、芸術という絶対的な力が彼女の上にのしかかって来るのをひしひしと感じていた。[5]」小説と年齢が進むにつれて彼女の肉体はしまりがなくなり、「わきの下がたるんできた」、と夫である画家は彼女に指摘する。

パウラがコンスタンス・マイユールの一世紀後に裸体画を描いたときには、彼女のまわりで恥じらいのなさを非難しようと思った者など、ひとりとしていなかった。彼女は人目を気にせず解剖学の知識を得ることができたし、それに彼女はひとりではなかった。彼女が通うアカデミーの女子学生たち、そして彼女と同時代のシュザンヌ・ヴァラドンもまた、裸体画を制作している。でもだからといって、自分自身を裸で描くのは……

＊

モーダーゾーン＝ベッカー美術館、ブレーメンにある彼女の美術館には、彼女について語る際に常に言及される、最も有名な自画像がある。腰まで裸で、斜め前を向いて立ち、大ぶりの琥珀のネックレスに先のとがった小ぶりの乳房、彼女のお腹は膨らんでいる。妊娠四か月か五か月。彼女は、例外的に、カンバスの下のところに文章を一文書いている。「私は三十歳の年に、六回目の結婚記念日に当たって、これを描いた、P・B」

でも日付について言えば、ありえない。一九〇六年五月二十五日、パウラは妊娠していない。そのひと月前、パウラはオットーに、今は子供は要らない、あなたの子供は要らないとまさに説明していたところなのだ。それなのに彼女は多くの妊娠中の女性がするように、かばうような誇らしいあの仕草で自分のお腹を抱きかかえている。

この地球上に三十人ほどいるモーダーゾーン＝ベッカーの研究者たちは、これがどういう意味なのかを理解しようと議論する。彼女の食生活が話題になる。キャベツとジャガイモの摂りすぎ。お腹が膨れた女の自画像。もう少しポタージュはいかが？　でも彼女が

→くつか描いたり、自分にとってかけがえのない親類の顔立ちをカンバスの上でなぞったりするのにとどめるべきだ。それより先に進むのは、自然に逆らうことではないだろうか。恥じらいをめぐるあらゆる決まり事を侵すことではないだろうか。」コンスタンス・マイユールは一八二一年、四十五歳で自殺する。

自分が妊娠したらどんな感じなのか試してみた、という可能性も十分ある。遊びでお腹を膨らませ、軽く身を反らせて、お臍（へそ）を突き出す。試しに。オートフィクションとしての自画像（オートポルトレ）。彼女は自分が望むように、そして自分が思い描く（イマジーヌ）ように自分を描く。彼女は自分のひとつの像（イマージュ）を描く。美しく、陽気で、人をからかうのがちょっと好きな自分を。

そして、注意しよう。これは初めてなのだ。ひとりの女性が裸になった自分を描くのは、初めてなのだ。

服を脱いで、自分のカンバスの前にすっと立って、あそこに、あのカンバスのところへ行く、という行為。これが私の肌で、私は自分のお腹を、そして自分の乳房とお臍がどんな形なのか見せよう……　一対一で自分と、そして美術の歴史と向き合う、ひとりの女性の、裸になった自画像★。

モデル代が高いからなのか。意図的なのか。健康で、スポーツ好き、かわいらしくて、肉づきがよく、ヌーディストで、ドイツ人のこの女性は、自分の身体を愛していた。裸の自分を描くこと、その行為。自己愛ではまったくない、仕事だ。すべてをこれから作らなければならない。鏡か写真を見て。すべてをこれから見つけ出さなくてはならない。彼女がそのことを、一番最初になることを意識していたのかどうか、私には分からない。いずれにせよ、裸になった彼女はいつも楽しそうだ。

＊

リルケ、『レクイエム』。

「なぜならあなたはこれを　これらの豊かな果実を　理解していたのだから。
このような果実を　あなたは鉢にのせて前に置き
あなたは色彩でその重みをはかった。
そしてまたこうして果物を見つめるように　あなたは女たちを見つめ、
そして同じように子供たちを見つめたのだ、内からのうながしによって

★　アルテミジア・ジェンティレスキ（一五九三―一六五二／五三）がおそらく一番最初に裸の女性を描いた女性だ。しかしながら、彼女のすばらしい《スザンナと長老たち》が自画像なのかどうか、まだ議論が行われている。シュザンヌ・ヴァラドンの乳房を露わにした自画像のほうは、一九一七年の作品だ。

その存在の形へとかりたてられているものとして。
そしてついに、自分自身をあなたは一個の果実のように見なし、
あなたは服を脱ぎ、自分を連れてゆく、
鏡の前へと、その中へ入り込んでいった。
まなざしさえもが鏡の中に迷い込んだ、それでもまなざしは奮い立ち、
これは私だ、とは言わず、これがある、とそう言った。(★)」

＊

二枚の謎めいた写真にウエストまで裸のパウラが写っている。一九〇六年の夏頃に、同じポーズの時間に撮られたものだ。二枚とも、琥珀のネックレスを着けて、ほぼ正面を向いた、プロト・キュビスム的な二枚の裸の自画像の元になった。彼女はヒナギクの冠を頭に飾った。両手をチューリップの形にすぼめた。片手で果物を摑み、もう片方の手を肩のほうに上げた。にこやかで大いなる力。

謎めいているのは、誰が撮影したのか分からないからだ。雰囲気は穏やかで、当然なが

ら親密、そして真面目で、勤勉だ。これは仕事の時間だ。パウラのまなざしは安心しきって、注意深く、落ち着いている。

ある大胆な仮説によれば、写真を撮影したのはリルケだということだ(★★)。でも、堅苦しく「あなた」を使って呼び合い、揃ってセックスを（いちゃつくのはともかく）避けるあの二人に限って、そんな情景を思い浮かべるのは私にはなかなか難しい――彼女は裸、彼は服を着ていて、カシャッとシャッター音が鳴る。でもそれは素敵な仮説だ。リルケとパウラはある激しさを共有していた。二人とも、自分が何を求め、欲しているのか分かっていた。書くこと、描くこと、ひとりの場所を見つけて、そこに居て創造すること。まったく同じときにそれぞれの結婚生活から逃げ出した二人は、いかなる社会的な取り決めの名においても、誰も彼らに自分たちの道から逸れることなど要求できないと明言する(★★★)。それならば、もしかしたら、この二人の芸術家の間で、この二人の友人たちの間で、こんな写真がありえたかもしれない。

★　リルケ『ある女友だちのためのレクイエム』、ジャン＝イヴ・マッソン訳。
★★　ダイアン・レディキ『パウラ・モーダーゾーン＝ベッカー、最初の現代女性芸術家』、イエール大学出版、二〇一三年、一五三頁。

カタログ・レゾネが示す公式見解によると、写真はパウラの妹、ヘルマによって撮影されたのではないかとされている。そうすると、一九〇六年に若い女性家庭教師が写真機を所有していたことを認める必要がある。かなりの贅沢だ。ほかの見解によると、一九〇六年一月にハウプトマン夫妻のところで出会った髭面の社会学者、ヴェルナー・ゾンバルトが写真を撮ったのかもしれない、そして彼がパウラの愛人として、パリで短期間一緒に過ごしたということもありえるだろう。でも、それならば、ブルガリア人たちのひとりでもよいではないか。パウラはゾンバルトのとても美しい肖像画を一枚描いた――けれども美男のブルガリア人の肖像画はなく、彼の顔立ちがどんなものだったのか、私たちは知ることができない……

そしてまたごく単純に、オットーが写真を撮ったということも考えられる。でもその点についても、愛を求めて苦しむこの夫婦がこうした撮影に心安らかに臨む姿を思い浮かべるのは、私にはなかなか難しい。

彼女のこれらのイメージ、銀塩乾板に焼き付けられた一九〇六年の夏の彼女の痕跡が残されている。本物の彼女だ。尖った乳房、ゆったりとしたお腹、丸い肩、かすかな微笑み、そして白い肌の上の暗い色をした琥珀。

＊

一九〇六年九月三日、パリにいる妻を連れ戻そうとするオットーの二度目の試み。「親愛なるオットー。あなたはもうすぐやって来る。でも、あなたも私も惨めな気持ちにならないために、私からお願いしなくてはならないわ、こんな試練はやめましょう、と。私をそっとしておいて、オットー。あなたが夫では嫌なの。嫌なのよ。この事実を受け入れて。自分を苦しめるのはもうやめて。過去は過去のままにしておいて。後のことはあなたのいいように段取りをつけてちょうだい。私の絵がまだ好きなら、取っておきたいのを選んで

★★★　リルケからクララ宛て。「僕たちは、僕たちの共同生活を絶えず延期しなければならない（……）。僕の世界は個性を欠いたもののほうへと増大してゆく運動を始めた。その運動は、ルートが生まれたあの雪を被った小さな家から始まって、それ以来絶えず大きくなり、僕の関心をそこにとどめておくことのできないあの中心から遠くへ離れ、周縁があらゆる方向に無限に広がってゆく限り続くだろう。」（一九〇六年十二月十七日、カプリにて。）（→p.169）

ちょうだい。私たちがまた会えるように考えてくれなくても、もう全然大丈夫。そんなことは苦痛を長引かせるだけだから。私はあなたにもう一度だけ、お金を頼まなくてはならないわ。金額は五百マルクお願いね。私はしばらく田舎に行くので、ヴォージラール通り一〇八番地のB・ヘトガー付で送って。そのときまでに、自分で生活を賄えるように手筈を整えておくつもり。あなたから受け取ったすべての幸せに感謝します。私にはもうこれ以上、何もできないの。あなたのパウラ・モーダーゾーン。」

九月九日、新たな手紙。「親愛なるオットー。先日の冷たくて辛辣な手紙は、とても不愉快なことがあったせいで書いてしまったの。私たちが不仲なのはどうしてなのか、あなたがお母さんに何も言わなかったと私はバーゼルで聞いたのだけど、あれはそもそもあなたがするべきことだったのではないかしら。それから、クルトの手紙を読んだら、あなたが自分の神経過敏を私のせいにしようとしていると書いてあったのだけど、事実は——絶対に——違うわよね。あなたは私に、私には話してくれたわよね、ヘレーネとの新婚旅行も同じような成り行きだったって。あなたの子どもは欲しくないという私の望みは一時的なものにすぎなかったし、あのとき私はか弱い脚でやっと自分を支えて立っていたの。あなたが私を非難したことに対する怒りが最後にあの手紙の中に凝縮されてしまったの。あれを書いてしまったことを申し訳なく思っています。あなたが私からすっかり離れてしまったのでなければ、急いで来て、なんとかまた会えるようにしましょう。私の心変わりはきっと奇異に見えるでしょう。私は哀れな取るに足らない人間だから、どれが自分にとってよい道なのか分からないの。あれもこれも降りかかってきたけれど、それでも私は、後ろめたいとは思っていないわ。私はあなたたちを誰ひとりとして苦しめたくないの。」

九月十六日。その頃になるとパウラとオットーは宿泊の実用的な細かいことについて遣り取りしている。彼のために専用の部屋、あるいはアトリエを借りる必要があるのかどうか、そして彼は前もってシーツを送ってくるつもりなのかどうか、そして私の羽根布団、私の好きなキルティングの羽根布団を、一緒に送ってもらえるかしら。

モーダーゾーン＝ベッカー夫妻はパリに六か月間滞在する。そしてその間の経緯がどうであろうと、パウラは一九〇七年三月には妊娠している。

＊

一九〇六年十一月、パウラの絵が一枚、おそらく《黒い帽子の少女》がブレーメン美術館で行われた展覧会で他の画家の作品とともに展示される。彼女の母親は、その肖像画がずっと苦手だったと構わず言って、新聞記事の切り抜きを二つ、娘に送る。「大げさな宣伝だわ」！　美術館の館長、グスタフ・パウリは、「前代未聞の色彩感覚を持った、極めて才能豊かな」この芸術家が一八九九年に受けた酷い仕打ちを想起する。彼女の「確固たる強烈な」才能が再び笑いものになることを彼は危惧する、というのも「不案内な者のまなざしにおもねるような点が彼女には一切、欠けているからだ（……）。彼女の《少女の頭部》の中に醜さを見ようと、そして、彼女を乱暴に軽蔑しようと心に決めるような者は誰でも、多くの読者が好意的に支持してくれるだろうと何の心配もなく当てにできる。」

パウラはこの批評を読んで、喜びはしなくとも、満足感を覚える。彼女はそのことを自分よりブルジョワで、信仰が篤く、結婚生活を真面目に営む姉のミリーに宛てて書く。本当の喜びは内に秘められていて孤独の中にあると説明する……自分の芸術について彼女に上手く語れないことを残念に思う……自分たちは女の子として生まれてとてもよかったけれど、息子が欲しいと言う彼女をたしなめる……彼女が送ってくれたお金で買ったつまらぬ品々を事細かに挙げていく、一対の見事な古い櫛、そして一対の靴用の古いバックル……オットーは？「あの人は愛情深くて胸を打たれるほど。」「そして私は自分が受けている愛情に感謝しなくてはならないでしょう。健康で居続けて、そしてあまりに若く亡くならずに済むのなら。」

三十一歳のお祝いに、パウラはミリーからさらに金貨を一枚とブローチをもらう。母親からは、ブレスレット。エルスベートからは、ジャガイモを持った粉屋のデッサン。オットーからは、白いショールとファイユームの肖像画に関する本。そしてハウプトマン夫人がアイシングした巨大なお菓子をひとつ、仲直りのしるしにズデーテン地方から送ってくれる。ハウプトマン夫妻はまた一緒になった二人を訪ねるために、ちょうどパリに行こうと決めたところだ。

リルケに宛てて。「この数か月、パリで、私は何もしなかった。私が何者かになるには、まだとても長いことかかりそうで、心配。」

一九〇七年三月九日、彼女は母親とミリーに自分が妊娠していることを告げる、でも、しっ！　そのことは誰にも言わないで。

「私はこの夏、自覚したの、自分はひとりきりで居続けられるような女じゃないって。一番大事なのは、自分の仕事が心安らかにできることで、そしてそれはオットーのそばで叶えられる」、とパウラはパリを離れる際に、クララに書く。彼女はリルケが売却してくれるという条件で、家具を家主のところに預けていく。

*

そしてその後何か月もたってから、セザンヌの水彩画を見ているときに、リルケは突然思い出す。家具のことをやっていなかった！「これはひどい、信じがたい、まさかこんなことを忘れてしまったなんて（……）。僕が忘れたせいであまりひどいことにならないといいのだけれど。全部一緒に売ったほうが、簡単ではないだろうか？　家の番地を忘れてしまったから、どうにもならない。そこに行かなくてはだめだろうか。へまをしでかしたんじゃないかと心配だ。僕に何か言ってください、それもできれば僕を元気づけるようなことを。」

これが二人の友人たちの最後の手紙の遣り取りで、家具に関する手紙が四通あるのだけれど、この邪魔な荷物（インペディメンタ）、ひどく重たい重荷が、常に彼らを隔てているように感じられる。そして場所ふさぎ（厄介な）になることに、パウラがそこに立ちはだかる。そうなのだ、家具のことをそっくり忘れたのは、それにしても「ちょっとよくないことだと思う」、と彼女は書く。住所ならば簡単だ、モンパルナス大通り四十九番地のアカデミー・ヴィッティだ。古道具屋が興味を示すようなら、全部売り払って、何か美しいもの、例えば自分がパリで失くしたような、真珠のブローチでも買ってほしい。あるいはまた、ご婦人の形をしたブロンズ製のクローシェ。それともゴーギャンの複製写真でもいいし、フォーブール＝サン＝トノレ通り百十四番地の、ドゥルーエのところで手に入る。いずれにしても、セザンヌが載っているサロン・ドートンヌのカタログを送ってほしい。だって、なんて残念なの、私は観に行けないだろうから。

生まれて来る子供については何もない、旅行に行けないということについてそれとなく触れているだけだ。

リルケは家具の在り処を突き止めるものの、アカデミーの所有者たちは夏いっぱい留守だった。管理人は強情で、全然開けてもらえない。「財産はそっくりそのままの状態だから、増えたりはしないし、また減ることもないように願いましょう。時間ができたらすぐにまたこの件に取り組んで、手短に報告します。」彼女は本当にすべてを置いていったので、アカデミーが再開して中に入れてもらったリルケは、大仕事を抱え込む。マットレス、マットレス台、テーブルが二つ、椅子が二脚、大きな鏡がひとつ、そしてこまごまとしたものがたくさん。

十月末、リルケは「ヴィッティのところに四六時中いる」。あの家具は、いやはや、誰も欲しがらない。どんなにつまらない古道具屋も肩をすくめるだけだった。そして半額で譲ろうと言ったのに、管理人も興味を持ってくれなかった。「そして最後には大惨事が」、ヴィッティ夫人がアトリエを売るという。出て行かなくちゃならない。でも全部通りに放り出すわけにもいかないから、僕は家具をモデルのひとりに、そしてマットレスを管理人にあげることにした。そして、それでもやはり今日のことはいくらか自分のせいなので、埋め合わせとしてパウラに二十フラン支払うことを提案する。何か買ってあげることについては、時間がない、僕は「今日明日にも出発してしまう」かもしれないから。サロン・ドートンヌのカタログを送ります。「申し分なく暮らしてください、そしてあなたの忠実なR・M・リルケに対して少し寛大であってください。」

これが、彼がパウラに書いた最後の一文だ。

同じ週、彼は、沈黙が人生を語ることがあるとするならば、沈黙がそこへ向かうであろうものとしての反伝記、そのようなものとしての『[ドゥイノの]悲歌』を予兆する手紙をクララに書く。「ああ、僕たちは年を数え、あちらこちらに切れ目を入れて、止めてはまた始め、両者の間で決めかねている……　けれども、僕たちに起こることすべてはどれほど地続きで、それぞれのものはどれほどほかのものに結びついており、そしてそれ自体生成し、そして成長し、そして形をなす……そして僕たちはつまるところ、そこに居さえすればいい、ただし地球がそこにあるごとく慎ましく、ひたすらに。地球のごとくあらゆる季節に承諾の返事をし、明るく、暗く、宇宙に身を任せ、星々が安全であると感じられるような諸力と影響の網の目の中に休らうことだけを、僕たちは求めよう。」

ここにあること、輝き。

＊

一九〇七年のある一枚の自画像でパウラは妊娠している。三月以降の自画像の彼女は当然妊娠しているけれど、この作品では察せられる程度だ。彼女は私たちを真面目(セリューズ)に、少しからかうような(モックーズ)表情で見つめ、頬はパウラ風に手に持った二本の花と同じバラ色(ローズ)で、そしてもう片方の手はかなりせり上がったお腹の丸み、球体の曲線に添えられている。

もう一枚の別の妊娠した自画像は、腰まで裸で、もっと正面を向き、さらに様式化されている。彼女はここではフレスコ画のような構図で、自分と自分の両側に立つ二体の女像柱(カリアティード)を描いている。お腹は丸く、花の冠を頭に飾り、琥珀のネックレス、片手には果物が入った鉢、もう片方にはオレンジが一個。顔は満足げで、ちょっと意地悪そうな感じがする。片方の女像柱はいらいらした様子で、もう片方は人を嘲るような表情だ。専門的な話をすれば、これは美術史における初めての妊娠したヌードの自画像なのだけれど、この絵に関しては一枚の白黒写真しか残っていない。一九四三年六月二十四日の空襲の際、フォン・デア・ハイト家〔ドイツの著名な銀行家、コレクターの家系〕の邸宅にあったコレクションの一部とともに、破壊されてしまったのだ。

彼女は、パウラは気づいていたのだろうか、画家、女性画家が誰ひとりとして、妊娠した自分の姿を今まで描いたことがなかったということに。彼女は極めて「本能的に」、人生とカンバスのリズムに合わせて描いているように見える。リルケが「貧しい」(★)と形容した彼女のまなざし、あの裸のまなざしを通して。ただし、彼女の眼はまた、セザンヌ、ゴーギャン、ファン・ゴッホ、税関吏ルソーと、そして印象派という過去と、来るべきキュビスムを捉えていた。彼女は自分の目の前にあるものを描く。この生きる者、世界にいるこの存在を、妊娠しているこの存在を。同じ時期、一九〇二年と一九〇七年に、クリムトの、とてもお腹の大きい、あからさまに裸のひとりの女性の肖像画が非難の的になる。作品のタイトルは《希望》だ〔クリムトの《希望I》は実際には一九〇三年、《希望II》は一九〇七－〇八年の作品〕。そこでは骸骨たちがこれから母親になる人物を取り囲んでいる。

*

★　『レクイエム』の表現。リルケはセザンヌのまなざしについても、この「貧しい」という言葉を使っている（一九〇七年十月七日のクララ宛ての書簡）。

私の家の壁に飾ってある私の唯一の写真は、ひとりの芸術家として、またひとりの女性として大好きだった、ケイト・バリー〔一九六七－二〇一三。イギリスのファッション写真家、ジェーン・バーキンの長女〕が撮ったポートレート写真だ。この写真を見ると、これは自分だと思える。二〇〇一年の春のことだ。モノクロで、少し聖母マリアみたいに光輪に包まれて、キッチンにいる。私は妊娠六か月だ。

新聞社に肖像写真を求められると、当時の私はこのポートレートを度々提案した。すると必ず不採用になった。「普通の写真をお願いします」というのがいつも返ってくる返事だった。

*

妹のヘルマ宛て。「産着をありがとう。私はまた絵を描いているわ、そしてもし自分の姿を消してくれる魔法のマントがあるのなら、私の望みはただひとつ、描いて、描いて、描き続けること。」（十月八日）

姉のミリー宛て。「「ちぇっ、ちびのせいで椅子から落っこっちまったぜ！」今の私はこんな感じ。やるべきことはただひとつ、辛抱強く耐えること。そうしないと、この子もいらいらしてしまう。そしてもう二度と、「おむつ」だの、「おめでた」だのという言葉を私に書いてこないでちょうだい。私のことをよく知っているから分かるでしょ、自分がもうすぐおむつにかかわるようになるとしても、私がそういうことを口に出さないほうが好きな部類の人間だって。」（十月、日付不詳）

クララ宛て。「最近私はセザンヌのことをずっと考えていて、そして今も考え続けているの。力強い芸術家がほかにも三、四人いるけれど、私は彼にどれほど衝撃を受けたことか。まるで嵐か大事件に遭ったみたいな感じだった。一九〇〇年にヴォラールのところで一緒に見たのを覚えてる？　そしてパリ滞在の最後の数日、ギャラリー・ペルランで私が見た若い頃の絵があるの。ご主人にそれを見に行くように言ってちょうだい。ペルランはセザンヌを百五十枚くらい持っているわ。私が見たのはそのうちのほんの数枚だけだけど、すばらしいわ。私はサロン・ドートンヌのことを本当に何でも知りたくて、せめてカタログを送ってくれるようにご主人に頼んだの。早く来てちょうだい、できれば月曜日に。だって私はやっともうすぐ、ほかのことに時間を使えるようになると思うの。今この

ときに絶対にここにいる必要がなければ、私がパリから遠くに離れている理由は何もないわ。」（十月十九日）

母親宛て。「今週パリで過ごせたらどんなにいいかしら！　今パリでは、セザンヌが五十六枚展示されているの！」（十月二十二日）

＊

一九〇七年十一月二日、マティルデ・モーダーゾーンが生まれる。かなりの難産だった。二日間かかり、最後にはクロロフォルムと鉗子の手を借りた。体力が回復するまでベッドで安静にしているようにと、医者はパウラに命じる。

パウラの母親は「去年の悪夢」があっただけに、幸せな気持ちでいっぱいだ。赤ちゃんの名前は、彼女と同じマティルデになった。母、娘、そして今、もうひとりの娘が生まれたのだ。彼女の手紙は純朴な愛に満ちている。「パウラは雪のように真っ白な枕に横たわり、見上げるとそこには愛するゴーギャンとロダンがある。冬の晴れやかな太陽が小さな白いカーテンを通して差し込み、そして窓辺では、赤いゼラニウムがにっこりと微笑んでいる……」そして私もパウラが幸せだったと信じたいし、その子が彼女にとって大きな喜びだったと信じたい。

オットーの姿を後世に伝えるためにやって来た写真家、フーゴー・エアフルトが、母と子の写真を何枚か撮っている。枕に埋もれたパウラはとてもやつれていて、歪んだ顔で微笑んでいる。赤ちゃんは泣いているか、眠っているかだ。

*

十八日後、やっと起き上がる許可が出る。ささやかなパーティーが開かれる（オルガニゼ）。パウラはベッドの足元に鏡を運んでもらって、冠の形に髪を編み、ピンを使ってバラをいくつか部屋着に留める。家の中は花とロウソクで溢れ、隅々まで光り輝いている（イリユミネ）。パウラは起き上がり、そして一瞬にして息絶える（フードロワイエ）。ずっと横になっていた（クシエ）せいで塞栓症を起こして死んでしまった。倒れ込みながら、彼女は言った。「シャーデ」、と。これが最後の言葉だった。残念という意味の言葉。

＊

私がこの伝記を書いたのは、この最後の言葉があったからだ。だってそれは残念だったから。会ったことがない人なのに彼女がいなくて寂しいから。彼女に生きてほしかったから。私は彼女の絵を見せたい。彼女の人生を語りたい。彼女の本当の価値を取り返す以上のことがしたい。私は彼女にそこにあること、輝きを返してあげたいのだ。

そして私は知っている、私が別のもうひとりの死者のために語っているということを、でも死者は帰って来るものだから、その人もいつかやって来る、私はその人の短い生涯を書くだろう、その人は私の弟で、名前はジャンで、二日間生きた、でもまだその時ではない。

なんと短かったことか、あなたの人生は……(★)。そこで私は、講演会、朗読会、ドキュメンタリー（アルテ〔フランス語およびドイツ語で放送される、独仏共同出資のテレビ局〕が私のもうひとりの「親愛なるドイツ人」、アルノ・シュミット〔一九一四‐七九。ドイツの作家・翻訳家。極めて前衛的な作風で知られる〕ゆかりの地に私を招いてくれたのだけど、彼の荒地はヴォルプスヴェーデの荒地のそばだった）などの機会を逃さずに、何度もパリとブレーメンを往復した。八月にキャンピングカーに乗り込んで、家族を連れてゆくことまでした、ドイツ北部は晴天だった、ドイツ人とポーランド人ばかりに会った、こんなところで一体何をしているのかと笑いながら彼らは訊いた、私たちは温かい海を背にして、間違った向きに航行していた。絵から絵へと進んでいた。

＊

オットーの手紙を受け取ったクララが、やって来る、墓に詣でるためにやって来る。ほかに何ができただろうか？ そして知らせは、ミミ・ロマネリとともにヴェネツィアで甘い日々を過ごしていたリルケの元にも無事辿り着く。彼は滞在を切り上げて、パウラには直接触れずに、ミミにフランス語で手紙を書く。「生の中にはいくらかの死がある（……）。ねえ君、僕はこの間の日曜日にもまた、向きを変えてはまた変える、ごく早朝の肌寒いゴンドラの中で涙したことを恥ずかしいとは思わない（……）。この死は僕の中でまだずっ

★「ヴィー・ヴァール・ダイン・レーベン・クルツ」リルケ『レクイエム』。

と続いていて、僕の中で働き、僕の心臓の形を変え、僕の血をいっそう赤くしているのだ（……）。」

パウラの死のぴったり一年後、一九〇八年の万聖節に、パリに滞在していたリルケはまるで何かに取り憑かれたように『ある女友だちのためのレクイエム』を三夜で書く。彼はヴァレンヌ通り七十七番地のビロン館、クララが見つけて、のちにロダン美術館になる場所にいる。その頃愛していた女性たちの中の別のひとり、シドニー・ナデルニーに宛てて、自分を捉えた熱狂を描き出す。「僕は、驚くべきことに日付までが一致していたとはつゆとも思わずに、一年前に亡くなった（……）ある人のためにレクイエムを書き、そして終えた。それはひとりの女性で、彼女の芸術的な仕事は当初並外れていたものの、まず家族に捕らえられ、それに続いて不幸な運命、そして無個性な死、生きている間に自分が心の準備をしてこなかったような形の死に、捕らえられてしまった。」

私はこの伝記の最後の最後まで『レクイエム』を読み返すのを先延ばしにしてきた。それが始まると、私の頭は和音が鳴り響く部屋になる。このテクストを読むことは聴くことだ。翻訳はそれぞれ音楽的で、多彩で、そして探究が進むにつれて、私はドイツ語を耳で聴けるようになった。僕は何人かの死者を持っている（イッヒ・ハーベ・トーテ）……

　リルケは私のお気に入りの作家ではない。同じ時代のカフカではない。カフカは、彼の書いたものがどうやって書かれたのか、私には見えてこない。リルケは、彼の困難、成功、勝利、偏狭なところが私には分かる。仕事、見事な仕事、困難をともなう仕事が私には分かる。私たちは同じアトリエで制作していると思えるのだ。

　アトリエの中でパウラは彼にとって対等な存在だった。彼がそう見なし、その人と格闘し、対等な関係の中で愛した、たぶん唯一の女性。

　でも彼は彼女の名前を言わない。パウラは親しすぎたのだろうか。では一体どんな名前がふさわしいというのだろうか、ベッカーでもモーダーゾーンでもない、父親でも夫でもない……「ある女友だちに」。リルケには女友だちがたくさんいた。そして亡くなった女友だちもまたたくさんいた。リルケは何人かの死者を持っている、イッヒ・ハーベ・トーテ、でも彼女は「そこにいる」唯一の死者だ。彼女だけが帰って来る。そして彼はここで初めて、彼女に君という親密な呼称で呼びかける。

「君がここにいることが分かる。僕には分かるのだ。
ちょうど盲人にあたりの事物が分かるように
僕は君の運命を感じていて、けれども僕はそれにふさわしい名前を知らない。
一緒に、僕たちは嘆き悲しむことにしよう（……(★)）。」

彼は簡潔に、また物語風に、オットーがクララに語ったとおりにその死を呼び起こす。鏡、髪の形。彼はパウラにもたらされた死、彼女のものではない死を憎む。その早すぎる死、人生を盗み取る死を憎む……(★★) そして彼は「成熟した男」を責める、「もはや僕たちのことが見えていない女、彼女の生存の狭い縁取りを辿って進み続ける女」を誰も引き止められないし、またそうしてはならないのに、自分にはその人を所有する権利があると思い込んでいる男を責める。

「こうして君はいにしえの女たちが死んでいったように死んだ、暖かい家の中で時代遅れの死を死んだ、再び身を閉ざそうとしてもはやそうすることが叶わない産婦たちの死を死んだ、なぜなら彼女たちが赤ん坊とともに産み落としたあの暗がりが帰って来て、有無を言わせず、彼女たちの中にまた戻るからだ。(★★★)」

二〇〇一年に『あかちゃん』を書いたとき私はすでにリルケを引用していたけれど、パウラ・モーダーゾーン＝ベッカーのことは知らなかった、彼女がいなくて寂しいのだとそのときの私は知らなかった。

＊

ここでオットーの人生に思いをめぐらせると、彼は二人の若い妻に二回とも先立たれ、

★　ジャン＝イヴ・マッソン訳、一九九六年。

★★　制作と長寿の関係について、リルケは七十歳の老セザンヌのことをクララへの手紙で挙げている。「私はゆっくりではあるものの、毎日進歩している。だから私は探求し続ける。私は描きながら死ぬと心に決めた。」そして彼はルー・アンドレアス＝ザロメへの手紙で老北斎を挙げている。「鳥、魚、植物の形と真の特性を私が大体理解したのは、七十三歳のときだった。」

★★★　この箇所はローラン・ガスパールによる一九七二年のフランス語訳に基づいて、散文に訳し直した。

その二回とも、母親と母乳をせがむとても幼い娘を抱えて残された。

エルスベートとマティルデ、二人の幼い娘たち、二人の義理の姉妹、二人の老婦人は、ブレーメンで一緒に生涯を終えた。二人はそれぞれ、福祉と看護の仕事をしていた。

*

ヴッパータールで会った学芸員の手のことを思い出す、彼は静かに絵を動かして、私が見えるように裏返してくれた。私たちは地下室にいた。美術館が所有していた十九枚のパウラの絵は、そのときはすべて未公開収蔵品の倉庫にあった。

黒い帽子を被った少女、胸に手を当てた少女、座った背の高い農婦、金魚のいる静物画、赤ちゃんがオレンジをひとつ握っている母子像、最も美しい静物画のひとつ、カボチャのある静物画、ウサギのいる少女……　学芸員がこの絵を裏返すと、もうひとりの少女が現れた、パウラはカンバスを再利用したのだ。十九枚というよりむしろ二十枚。

壁と金属の支柱に沿って、低い天井の下、蛍光灯の明かりの中で。灰色のコンクリートの床の上で開かれた冷え冷えとした、けれどまた親密な展覧会、そして明かりと空気と昼間の光の力を借りて絵はまた息を吹き返すだろう。

*

パウラは「勇敢で闘志あふれる」女性だった。彼女の死から九年後の一九一六年十二月二十六日、リルケは母親のほうのマティルデに宛てた長い手紙の中で、こう描写している。とはいえ、この二つの言葉だけでは、自分が知っているあのパウラについて何も言ったことにならないと、彼はまた付け加える。そして、母親が出版しようとしている手紙もまた同じだと言う。リルケは期限と恩寵について語る。最後の年、「彼女の新しい人生」が始まった年、パウラは二つのことしか考えなかった、あるいは考えたくなかった。「仕事、そして宿命」だ。そして彼はとても単純なことを言う。パウラは彼女の人生の最後に、「驚嘆すべき個性的な様式」を発展させていた、と。

私たちは仕事をし、また私たちには身体がある。リルケはのちに、女性が子供を産むこと創造することのどちらかひとつを選ばなくてはならない状況——あの「宿命」について、若干視野の狭い文章を書いている。そして女性であり芸術家であり二〇〇〇年代に子供を産んだ私はと言えば、医学の進歩に感謝している、おかげでもうあの「宿命」、とても頻繁に起こっていたあの肺塞栓症という合併症に悩まされずに済むのだ。

パウラのとても愛情深い母親はためらうリルケを気にせず、まとまった数の手紙を刊行し、そこから浮かび上がって来るのはひとりの若いドイツ人の女性、英雄的な女性芸術家、そして恋するロマンチックな女性の姿だ。この書簡集はドイツで大成功を収めた。十五回ほど増刷され、両大戦間に五万部が売れた(★)。一九二三年にこの本を偶然また手にし、そして読み返したリルケは衝撃を受けることになるのだが、彼が当時住んでいた館の家政婦が、この本を誰かからクリスマス・プレゼントにもらったのがまさにきっかけだった。その後、日記と一部の手紙の草稿が第二次世界大戦中に消えてしまったが、新しく見つかったものもあって、全体をまとめたものがドイツで、そしてさらにアメリカの二か所の大学出版から、改めて刊行された。

現在のドイツではパウラ＝モーダーゾーン・ベッカーの作品は、絵葉書やマグネットやポスターになっている。小学校の授業で取り上げられている。ブレーメンには専用の美術館がある。後世の評価はすぐに訪れた。「そして今や同じ人たちが、一種の名声を作り上げようとしている」、と一九〇八年十一月八日にリルケはシドニー・ナデルニーに宛てて書いている。「彼女を阻み、ひとりでいられる場所、進歩できる場所から彼女を遠ざけていたのと同じ人たちだ」。でもリルケは、彼女の後世の評価のために一体何をしたというのだろう、彼女の名前を決して出そうとしなかったのに？[★★] オットーは彼女が遺したものを管理し、ヘトガーはその擁護者となり、フォーゲラーは勇敢にも、反ナチの雑誌に彼女についての論考を一九三八年に書いている。

彼女はすぐに多くの展覧会に迎えられ、アンソール、クレー、モル、ココシュカ、マティス……と並んで展示された。最初の個展が一九〇八年にブレーメンであり、その後も

★　一九四九年には早くも十万部に達した。

★★　一九二四年、ある大学人によるインタヴューの中で、リルケは次のように彼女のことを否認している。「パウラ・モーダーゾーンですが、僕が最後に会ったのは一九〇六年のパリでした、しかも僕は当時彼女の仕事についてはほとんど知らなかったですし、その後の仕事についても、今に至るまで知りません。」

次々と開かれた。数々のドイツの美術館と個人コレクターが彼女の作品を一括して買った。そしてルートヴィヒ・ロゼリウスが彼女のための美術館を建てた。

ロゼリウスは、一九〇六年にカフェインレスコーヒーを発明して巨万の富を得た、ブレーメンのパトロンだった。彼はベトヒャー通りの一部をまるごと買い取り、設計をヘトガーに依頼した。「パウラ・ベッカー＝モーダーゾーンの家」が一九二七年にオープンした。ロゼリウスは彼女の名前のベッカーのほうをどうしても先に入れたかったのだ。どこもかしこも丸い奇抜な家、禁欲的にもにぎやかにも見える、まるで砂糖菓子みたいなレンガ造りのこの家は、ひとりの女性芸術家に捧げられた世界初の美術館だった。戦後、忠実に再建された建物は現在も公開中で、そしてベトヒャー通り（ベトヒャーシュトラーセ）はブレーメンを代表する観光名所になっている。

一九三七年、ナチスは七十点のパウラの絵をドイツの美術館から「粛清した」。多くは破壊され、売られたものもあり、また彼女にとって名誉なことに、何枚かが「頽廃芸術」として公開された。ナチスにとって、台所（キッチン）、教会、そしてあまり子供とも関係のないこの若い芸術家は、悩みの種だった。ヘトガーとロゼリウスの発案で、彼女の美術館の外面を飾る剣を持ったひとりの天使の像の下に、パウラに捧げた独特で挑発的な言葉が金色の文字で刻まれていたのだ。[6]「ひとりの高貴な女性の仕事の証として。勇敢な男たちの英雄的な功績が絶えても、彼女は勝ち誇った姿で立ち続ける。」ナチスはこの文を消すように求めた。ロゼリウスは折り合いをつけて、一語だけ変えた。「絶えても」が「絶えるまで」と書き換えられた。戦後、「絶えても」にまた戻された。

彼女はなぜドイツでしか知られていないのか。パリは彼女の街だったのに、なぜ彼女の作品が今まで一度も展示されてこなかったのか。彼女はドイツ人だから、確かにそうかもしれないけれど、ピカソだってスペイン人だし、モディリアーニだってイタリア人だ。彼女の制作が事実上、未完成のまま終わってしまったことがそこまで問題だとも思えない。それとも彼女は女だから、国境を越えられなかった。性別を問わず通用するビザを彼女は持っていなかった。そう考えざるを得ないのだ。

*

リルケは『レクイエム』で、琥珀のネックレスに非難の言葉を投げかける。重たい琥珀の玉の中に、一体パウラの何が残っているというのだろうか。

私はヴォルプスヴェーデの家の中を歩き回っていた、赤いロープの向こうには、食器棚とお皿がいくつか、そして彼女が描いた最後の絵が、イーゼルに置かれてドラマチックに展示されている。私はサンクトペテルブルクのドストエフスキーの家のことを、彼の帽子と傘のことを、机の下の電気ロウソクのコードのことを思い返していた。ダブリンのジョイスのマーテロー塔のことを、奇妙な形の青いティーポットのことを、ティーカップのことを思い返していた。バルクフェルトのアルノ・シュミットの家のことを、彼が死んだ日のままの机のことを、彼の眼鏡のことを、キッチンにあったコーヒー豆の容れ物のことを、そう、彼が飲んだ最後の一杯のコーヒーのことを。

まるでホログラムのような物たち、そこにあるのに、今まで重みを与えてくれていた手とともに姿を消してしまった物たち。私たちの死者たちの物は、こんなふうに胸を引き裂き、また呆然とそこにとどまり続ける。パウラが死んだ後も彼女のネックレスがどこかに残っているとするならば、琥珀を通して、彼女のまなざしのミツバチが見えるだろうか。

彼女は、パウラは、ここにいる、彼女の絵とともにいる。だから私たちは彼女に会いに行く。

謝辞

私はこの伝記を、パリ市立近代美術館で二〇一六年四月から八月に予定されていたパウラ・モーダーゾーン＝ベッカー展を、ジュリア・ガリモールとファブリス・エルゴットと一緒に準備していたときに書いた。最後のパリ滞在から百十年後の、パウラのためのひと春と夏。書くことと見せることは私にとっては、どちらもパウラへの愛を示す行為だった。

私はまた、エッセンのフランス・ドイツ文化センターのミシェル・ヴァンサンにも、文章を口頭で翻訳してくれたこと、実務面でとても好意的にサポートしてくれたこと、そして原稿を読み返してくれたことに感謝したい。

ダイアン・レディキには、ニューヨークに招いてくれたこと、手紙での貴重な遣り取り、そして原稿を読み返してくれたことに。そしてモニカ・シュトラウスには、温かくもてなしてくれたことに。

ブレーメンのベトヒャー通り（シュトラーセ）のズザンネ・ゲルラッハには、快く迎えてくれたことに。

ヴォルフガング・ヴェルナー、パウラに関する尽きることのない知識の宝庫。

ヴェレナ・ボルグマン。
ギヨーム・ファルー。
シルヴァン・アミック。
ヘラ・ファウスト。
アンナ・フレラ。
アンナ・ボガナン。
ステファヌ・ゲガン。
ジャン＝マルク・テラス。
エミリアーノ・グロスマン。

フランク・ラウケッター。
エリザベート・ルボヴィシ。
エマニュエル・トゥアティ。

参考文献

Günter Busch & Liselotte von Reinken, *Paula Modersohn-Becker in Briefen und Tagebüchern*, Fischer, 1979. 英語版は、Arthur S. Wensinger, Carole Clew Hoey, *Paula Modersohn-Becker, the letters and journals*, Northwestern University Press, 1998. リルケの日記を除いたすべての日記の抜粋、また多くの手紙を、同書から引用した。

Günter Busch et Wolfgang Werner, *Paula Modersohn-Becker, Werkverzeichnis der Gemälde*, catalogue raisonné, Hirmer Verlag, deux tomes, 1998.

Paula Modersohn-Becker Briefwechsel mit Rainer Maria Rilke, Insel-Bücherei n° 1242, 2011. パウラとリル

ケの往復書簡集。

Rilke, *Œuvres III, Correspondance*, édition établie par Philippe Jaccottet, traduction de Biaise Briod, Philippe Jaccottet et Pierre Klossowski, Seuil, 1976.

Rilke, Tsvetaïeva, Pasternak, *Correspondance à trois* traduction Philippe Jaccottet, Gallimard, coll. «L'Imaginaire », 1981.

Rilke, *Lettres sur Cézanne*, traduction de Philippe Jaccottet, Seuil, 1991.

Rilke, *Journaux de jeunesse*, traduction de Philippe Jaccottet, Seuil, 1989.

Rilke, *Journal de Westerwede et de Paris*, traduction de Pierre Deshusses, Rivages Poche, 2003.

Rilke, *Requiem*, traduction de Jean-Yves Masson, édition bilingue, Fata Morgana, 1996 ou Verdier poche 2007 ; ou traduction de Lorand Gaspar, Seuil, 1972.

Rilke, *Worpswede, Lettres à un jeune poète,* et *Les Carnets de Malte Laurids Brigge*, in *Œuvres en prose*, édité et traduit sous la direction de Claude David avec Rémy Colombat, Bernard Lortholary et Claude Porcell, Gallimard, coll. « Bibliothèque de la Pléiade », 1993.

Rilke, *Élégies de Duino*, traduction de François-René Daillie, édition bilingue, L'Escampette, 2006.

Rilke, *Notes sur la mélodie des choses*, traduction de Bernard Pautrat, édition bilingue, Allia, 2008.

Jens Peter Jacobsen, *Niels Lyhne*, traduction de Martine Remusat, Stock, 1928.

Knut Hamsun, *Pan*, traduction de Georges Sautreau, Calmann-Lévy, 1985.

Émile Zola, *L'Œuvre*, éditions G. Charpentier, 1886.
Henrik Ibsen, *Maison de poupée*, traduction de Marc Auchet, Le Livre de Poche, 2002.
Virginia Woolf, *Un lieu à soi*, traduction de Marie Darrieussecq, Denoël, 2016.
Ramuz vu par ses amis, L'Âge d'homme, 1988.
Correspondance adressée à Hayashi Tadamasa, sous la direction de Brigitte Koyama-Richard, Kokushokankôkai, Institut de Tokyo, 2001.

Diane Radycki, *Paula Modersohn-Becker : The First Modern Woman Artist*, Yale University Press, 2013.
Eric Torgersen, *Dear Friend : Rainer Maria Rilke and Paula Modersohn-Becker*, Northwestern University Press, 1998.
Maïa Brami, *Paula Becker : la peinture faite femme*, éditions de l'Amandier, 2015.
Ralph Freedman, *Rilke, la vie d'un poète*, traduction de Pierre Furlan, Solin Actes Sud, 1996.

W.G. Sebald, *Les Émigrants*, traduction de Patrick Charbonneau, Actes Sud, 1999.
L'argent, l'urgence は、P・O・L から二〇〇六年に刊行された、ルイーズ・デブリュス（Louise Desbrusses）の小説のタイトルである。

パウラの作品についてはたくさんのカタログと豪華本、例えば Averil King のもの（*Paula Modersohn-Becker*, Antique Collector's Club, 2009）がある。そのうちの大部分は、ドイツで刊行されている。最新のものは私の知る限りでは、デンマークのルイジアナ美術館における二〇一四年の展覧会カタログで、そこにはTine Colstrupの論文、« Venus of Worpswede »が収録されている。ドイツ語ではたくさんの伝記が書かれており、そのうち一つを挙げるならば、

Rainer Stamm, *Ein kurzes intensives Fest - Paula Modersohn-Becker*, Reclam-Verlag, 2007.

Siân Reynolds, *Comment peut-on être femme sculpteur en 1900 ? Autour de quelques élèves de Rodin*, Persée, 1998, www.persee.fr, avec la citation de Kathleen Kennet (*Self Portrait of an Artist*, mémoires, 1949).

Denise Noël, *Les Femmes peintres dans la seconde moitié du XIXe siècle*, https://clio.revues.org/646, 2004, avec la citation de Sophie Schaeppi (*Journal*, 1892).

訳註

（1）原文では「バプテスト派のde baptiste」だが、「薄手のリネンのde batiste」の誤植と思われる。

（2）実際には、ドロージンはトルストイの農奴ではなかった。

（3）この手紙にはフランス語の文法的誤りがいくつかある。順に、詩の冒頭にある「ではDans」はÀが、また「シャルルロワCharleroy」の綴りはCharleroiが、「世界la monde」はle mondeが、詩の後に続く文章中の「電報télégram」はtélégrammeが、「会うvus」はvuが、「私が考えているje pense de」はje pense àが、「眠ることsomeil」はsommeilが、それぞれ正しい。

（4）原文では「ロトヌフ Rotheneuf」だが、「ロテヌフ Rothéneuf」の誤植と思われる。

（5）原文では「こうして、クリスティーヌはCe fut ainsi que Christine」だが、ゾラの文章では実際には「この時から、クリスティーヌはEt ce fut dès lors que Christine」。

（6）実際には、天使は金色だが、文字は金色ではなかったと思われる（今日では金色ではない）。

訳者解説

本書、『ここにあることの輝き　パウラ・M・ベッカーの生涯』（原題は *Être ici est une splendeur. Vie de Paula M. Becker*）は、現代フランスの女性作家マリー・ダリュセック（Marie Darrieussecq）が出版社のP・O・Lから二〇一六年に刊行した、二十世紀初頭のドイツ人女性画家パウラ・モーダーゾーン＝ベッカーをめぐる「伝記」である。「伝記」と括弧をつけるのは、随所に語り手の「私」――それはほぼ著者であるダリュセック自身を思わせる――が顔を出す本作品が、まぎれもなくひとつの小説、オートフィクションであるからだ。

巻末の「謝辞」に記されているとおり、同年のパリ市立近代美術館における企画展「パウラ・モーダーゾーン＝ベッカー」の開催に合わせて本書は上梓されている。この画家の回顧展がフランスで行われたのはこのときが初めてで、ダリュセックは同展の担当学芸員や、ドイツおよびアメリカのモーダーゾーン＝ベッカー研究者と交流しながら、この女性画家をめぐる主要な研究書とカタログを読み込んで「伝記」を書き上げた。小説は冒頭、ブレーメン近郊のヴォルプスヴェーデにあるパウラの家を訪れるところから始まり、読者を物語へと誘い込む。「私」は画家の絵を求めてドイツ各地の美術館をめぐる。百十年前に、パウラがパリを訪れて、ルーヴルやサロン、ギャラリーを観てまわったように。かくして、「伝記」を執筆する「私」と対象であるパウラの「私」が、その主客の違いを超えて時に重なり合う。そのとき本作は、多くの註と参考文献一覧によって研究書のような体裁を取る自らの擬装から解き放たれ、小説で「あることの輝き」に包まれる。不思議な魅力を持つ本書は、多数の読者を得て二〇一八年には文庫化され、すでに十数か国語に翻訳されている。

　巻頭に置かれた銘から明らかなように、タイトルはライナー・マリア・リルケの『ドゥイノの悲歌』の引用である。第七の悲歌にある詩句、「この世にあることはすばらしい」（「ある」を「在る」とする翻訳もある）がそれだ。この一節は、若い女性が短い生涯を精一杯、燃焼し尽くして生きたことを物語るものであるため、まさに三十一歳で亡くなった女性画家の「生涯」を副題とする小説にふさわしい。とはいえ、「この世にあることはすばらしい」では日本語としてあまりにも散文的すぎてタイトルとして響いてこない。そこで、ドイツ語の形容詞「すばらしい（ヘルリヒ）」がフランス語では女性単数の不定冠詞つきの名詞「すばらしさ、輝き（ユヌ・スプランドゥール）」と翻訳されていることから、

「ここにあることの輝き」とした。

「ここにあること」とはひとつの効果であり、本書はリルケの詩句と連動しながら、読者に複数の効果をもたらしてくれる。以下本解説では、ダリュセックという小説家、モーダーゾーン＝ベッカーという画家を順に紹介した後で、本書の与える豊かな効果として、オートフィクションと自画像（オートポルトレ）の働き、もうひとつ別のドイツ語／フランス語の創出の試みを提示し、最後に本作品から開始されるトランスギャルド叢書への接続と狙いについて述べることにしよう。

マリー・ダリュセックについて

著者のダリュセックに関しては、本書が日本語訳としては六作品目となることからもはや紹介は不要と思われるが、本作で初めて彼女の文学に触れる読者のために、ごく手短にそのキャリアを振り返っておこう。一九六九年フランス南西部バイヨンヌに生まれたダリュセックは、パリ高等師範学校（エコール・ノルマル・シュペリウール）を卒業し、ジョルジュ・ペレックやセルジュ・ドゥブロフスキーなど、二十世紀の四人の自伝小説家におけるオートフィクションとアイロニーの問題を扱った博士論文により、一九九七年にパリ第七大学（現在のパリ大学）で博士号を取得した。その前年、一九九六年に『めす豚ものがたり *Truismes*』で小説家としてデビューし、この第一作は三十か国語以上に翻訳されるとともに、ジャン＝リュック・ゴダールが映画化の権利を獲得したことで話題となった

（ただし映画化は断念され今日に至る）。その後、ほぼ一年に一作ずつ新作を発表し続けており、特に二〇一三年に発表した『待つ女 *Il faut beaucoup aimer les hommes*』で、フランスの大きな文学賞の一つ、メディシス賞を受賞している。

これまで日本語に翻訳されている小説作品とエッセイ（すべて高頭麻子訳）には、『めす豚ものがたり』（邦訳一九九七年）、『亡霊たちの誕生 *Naissance des fantômes*』（一九九八年、邦訳一九九九年）、『あかちゃん *Le Bébé*』（二〇〇二年、邦訳二〇〇三年、以上は河出書房新社）、『警察調書 *Rapport de police*』（二〇一〇年、邦訳二〇一三年）、『待つ女』（邦訳二〇一六年、以上は藤原書店）がある。フランソワーズ・サガン以来の成功と評されたデビュー作『めす豚ものがたり』だが、実際には、豚に「変身」する若い女性を主人公に社会と女性に対する仮借ない風刺と笑いを追求しており、女性人物を中心に据えて文化を規定する紋切型をパロディ化する手法は、その後の作品にも脈々と受け継がれている。本書との関係から言えば、直前の小説作品『待つ女』の女優ソランジュから本作の画家パウラへと、女性の表現者を主人公とする物語が続いている。また、『待つ女』の原題「男たちをいっぱい愛さなくてはならない」がマルグリット・デュラスのインタヴューからの引用であるように、本作では女性について語るリルケの詩句がそのままタイトルとなっている。

とはいえ、それ以上に本書と内容的に密接な関連があるのは、『あかちゃん』、『警察調書』（同書については後で触れる）、そしてダリュセックによるヴァージニア・ウルフ『自分ひとりの部屋』のフランス語訳（*Un lieu à soi*、二〇一六年）とその文庫版への「序文」（二〇二〇年）だろう。ダリュセックが初めてリルケを引用（「お産のときの女の呻き声」）したのは『あかちゃん』においてであり、そこでの母と子をめぐる紋切型の数々に対する抵抗の試みが、母と子のいまだかつて描かれたことがないような自然な寝姿や授乳の様子を画面に定着する画家、パウラの試みと共振する。また、フェミニズムの古典的名著として知られるウルフのエッセイの翻訳はパウラの「伝記」と同じ二〇一六年に刊行されており、双方のテクストは完全に同期している。ウルフの言う「自分ひとりの部屋」とは、女性が経済的に自立し、自分の仕事部屋を手に入れられるようになることを意味している。ダリュセックはすべてを男女の性別の相違に帰着させるウルフの本質主義的なフェミニズムには戸惑うとしながらも、まさに「自分ひとりの部屋」という観点からパウラが画家として格闘する姿を強調し、美術の歴史において支配的であった男性のまなざしの外にある女性を描くこと、そして女性が名前を持つことの難しさについて、エピソードを積み重ねてゆく。小説家によれば、「マイナーな存在に言葉を与え、見えないことを見えるようにする、そのことに文学は取り組んでいる」（「序文」）のだ。フィクションの言説と作者による社会参加の間にはあくまで直接的な関係はないことに留意した上で、二〇二三年三月のフランスにおける年金改革法案に反対するゴミ清掃員のデモをめぐる彼女の発言（「マクロン、我が後には洪水来たれ」、リベラシオン紙）から、読者は同じ姿勢を読み取ることも難しくないだろう。

パウラ・モーダーゾーン＝ベッカーの「伝記」

それでは本書がその「伝記」であると自己規定する対象、パウラ・モーダーゾーン＝ベッカーの「生涯」とは、どんなものだったのだろうか。一八七六年にドレスデンに生まれ、一九〇七年にブレーメンで逝去した、ドイツ近代絵画史において独特な「輝き」を放つ女性画家。豊かなブルジョワ家庭に育った彼女は、一八九七年、ヴォルプスヴェーデの芸術家コロニーに移り住み、そこで女性彫刻家クララ・ヴェストホフや、のちにクララの夫となるリルケらと交流し、一九〇一年にはヴォルプスヴェーデ派の中で最も評価の高かった風景画家、オットー・モーダーゾーンと結婚し、共同生活を送る過程で、独自の作風を確立していく。一九〇〇年から一九〇七年にかけて四回パリに滞在し、その間に国立美術学校やアカデミー・ジュリアン、あるいはコラロッシの講座に通うとともに、ポスト印象派の画家たち、とりわけセザンヌ、ファン・ゴッホ、ゴーギャンの絵画に出会い、大きな影響を受ける。一九〇六年の最後のパリ滞在時に制作した一連の作品は最も完成度が高いとされる。女児の出産後の後遺症で亡くなった彼女の夭折を悼んで、リルケが寄せた「ある女友だちのためのレクイエム」（一九〇八）も手伝って、没後、ドイツではすぐに評価が高まることとなった。

　第二次世界大戦中はナチによって「退廃芸術」の烙印を押されたものの、一九四七年には早くも大規模回顧展が企画され、ドイツ各地を巡回する。生誕百周年にあたる一九七六年の展覧会で、ドイツ全土で正当に評価されるようになったとされる。一九七九年にはパウラの著書、新版『手紙と日記』の刊行があり、一九八〇年代に女性芸術家に対する歴史的な再評価が盛り上がりを見せる中で、パウラを二〇世紀初頭のドイツ最大の画家と考える流れが生まれ、一九九八年の油彩画全七四三点の総目録刊行のあたりで、彼女の名声は確立した。二〇〇七年の没後百周年に際して、回顧展と伝記や研究書の刊行がピークを迎える。パウラは、ドイツ表現主義の先駆的存在として、あるいは裸体自画像を描いた最初の女性画家としてクローズアップされる。実際、バルバラ・ボイスによる大著『パウラ・モーダーゾーン＝ベッカー　初めて裸体の自画像を描いた女性画家』（藤川芳朗訳、二〇二〇年、みすず書房）は、二〇〇七年に刊行されている。日本でもドイツ文化研究者の佐藤洋子氏により紹介が行われた（『パウラ・モーダーゾーン＝ベッカー　表現主義先駆けの女性画家』二〇〇三年／『いのちの泉を描いた画家　パウラ・モーダーゾーン＝ベッカーの絵画世界』二〇〇八年／『パウラ・モーダーゾーン＝ベッカーの描く「女の一生」』二〇〇九年、すべて中央公論美術出版）。この間、二〇〇五年十一月から二〇〇六年五月にかけて、日本初となるパウラの回顧展が宮城県美術館、神奈川県立近代美術館葉山、栃木県立美術館で開催されている。その後、二〇一〇年代に入ると、「最初の現代女性画家」であることを前面に打ち出したモノグラフィーが別々の研究者によって英語やフランス語で発表された。

　ダリュセックによる「伝記」の出版は、もちろんこの女性画家をめぐるこうした現代における評価の動きと連動している。本書の原書は目次のページを持たず、また本書と同じくIからV

までのローマ数字を付されただけの五章からなる。「伝記」であることに注目すれば、「Ⅰ」は一九〇〇年以前、「Ⅱ」は一九〇〇年から一九〇一年まで、「Ⅲ」は一九〇一年から一九〇二年まで、「Ⅳ」は一九〇三年から一九〇五年まで、「Ⅴ」は一九〇六年から一九〇八年まで、を扱っており、パウラの「生涯」をほぼ時系列に沿って提示している。

ボイスによる浩瀚な評伝（日本語版は二段組みで五百ページ強）と比べてみると、読者はまず、ダリュセック版「伝記」の経済性に驚くことになる。パウラやクララ、リルケやオットーの日記、またこの人物たちがやり取りした書簡を、ときには引用符つきで直接的に、ときには地の文に溶け込ませて間接的に、簡潔かつ的確に引用しながら、物語は圧倒的な効率性の下に組織されている。なるほどダリュセック版には、パウラの作品において重要な静物画に関する記述がほとんどない（冒頭とⅣ章にわずか）し、パリに出奔したパウラと彼女を連れ戻そうとするオットーのやり取り（Ⅴ章）には、彫刻家のヘトガー夫妻も関与するもっと別のニュアンスが含まれていたのではないか、など、「伝記」としての相対的な短さに由来する欠如に疑問を呈することはできる。けれども、小説の話者も述べるとおり、「それはパウラ・M・ベッカーの生きられた生涯ではなく、そこから私が摑んだこと、一世紀後の、ひとつの痕跡」（Ⅱ章）なのだから、その点は作者の自由だろう。そもそも長大な評伝にしたところで、情報を取捨選択し、方向づけしている点では変わりない。むしろダリュセックの摑み出した「痕跡」が小説としてどのように機能しているのか、それを感じ取ることが読者には求められているのだ。

また、本書のもたらす効果は、フランス人女性小説家によるドイツ人女性画家の評伝という点に由来している。「ドイツ」の中、あるいは「ドイツ語」だけで完結したパウラではなく、画家をその外部からのまなざしで、微妙にずらして捉えること。パウラ自身がフランスとドイツを絶えず往還することによって前代未聞の作品を生み出した画家なのであり、そこにさらにダイナミックにヨーロッパの複数の国境を越え続けたリルケとの関係が絡んでいることを考えれば、ダリュセックによるフランス語の「伝記」こそが、この女性画家の作品をヨーロッパ的な広がりにおいて、その越境の意味を含めた複雑な様相の下に、十分に把握する通路（パサージュ）を新たに開いてくれるだろう。

オートフィクション、自画像（オートポルトレ）、私になること

けれども、『ここにあることの輝き』は、「伝記」を宙吊りにする。小説、オートフィクションであることによって、パウラの作品、とりわけ自画像の系列と関係し、またそのことによって、美術史を攪乱する。それはどういうことだろうか。

本書が、画家パウラの「生涯」をおおよそ編年的に提示していることは先ほど述べたとおりだ。だが、物語は、話者が読者を誘ってヴォルプスヴェーデにある彼女のアトリエを訪れる場面から始まり、次いでヘトガーによるパウラの墓碑、半裸の女性と赤ちゃんの像にフォーカスする。

そして最初に引用されるのはパウラの一九〇二年の手紙だ。したがって、実際には画家の死（と死後）から小説は始まっており、時系列に沿った展開というのはまやかしにすぎない。また、ダリュセックと思しき「私」がこの画家への関心を最初に抱いたのは、「二〇一〇年だった」（Ⅴ章）というまた別の起源が物語に導入されるに及んで、小説冒頭のエピソードの起点としての性格は宙吊りにされることになる。

オートフィクションとは、ダリュセック自身によれば、「著者の名が語り手の名ではあるが、見るからに本当らしくない効果をともなっており、生きた体験と比べてテクスト（中略）とはどういうものであるかを強調することこそを狙っているような、言葉が一人称の人生を作り上げる試み」（『警察調書』）である。つまり、この女性画家をめぐるフィクションにおいては、ダリュセックの「私」とパウラの「私」のエクリチュールが交錯し、文学と絵画の「変身能力」が発揮される、それを読者が体験することこそが肝心なのだ。

「伝記」執筆者としての「私」がしばしば注意を向けさせようとしているように思える、パウラが歴史上初めて裸体自画像を、さらには妊娠した裸体自画像を描いたことは、確かに美術史における彼女の唯一無二の偉業であり、最も重要な成果である。けれども、小説、オートフィクションは、「伝記」作者による擁護と顕彰に抵抗する。パウラが一九〇六年に描いた《六回目の結婚記念日の自画像》は、なるほど「ひとりの女性が裸になった自分を描く」、「初めて」（Ⅴ章）の絵だ。だが、それはまた、画面に表象されている女性の身体的特徴と画面右下の「絵画の中の言葉」が指示していることとの間で引き裂かれた絵画、一種の「これはパイプではない」でもある。オートフィクションならぬ、「自分が妊娠したらどんな感じなのか試してみた」「自画像（オートポルトレ）」（Ⅴ章）だ。すなわち、「初めて」本当の裸、妊婦の裸体を描いたからというわけではなく、「見るからに本当らしくない効果」の下に女性画家が「変身」を遂げる、そのフィクション性こそがポイントなのだ。すると、「私」がこれまで見たこともないほど自然なポーズで《横たわる母と子》に出会ったのも、ＢＣＣメールというオリジナルではないコピーを介してであるし、一九〇七年の「美術史における初めての妊娠したヌードの自画像」はと言えば、第二次大戦の空襲で焼けてしまい、「白黒写真しか残っていない」。したがって、パウラを歴史上初の女性画家として言祝（ことほ）ぐ言説は、芸術作品自体の本質としてのフィクション件とコピーとしての性質によって阻まれる。しかし逆説的に、そしてだからこそ、パウラが現代の読者にとって同時代的な魅力を持って迫って来るのだ。

　パウラの「私は／私、／そして私はもっともっと私になるように望む」（Ⅴ章）という呟きに含まれる「私になる」とは、もちろん「モーダーゾーン」でも「ベッカー」でももはやなく、画家として「何者かになる」ことだ。だがそれは、一人称の自己同一性を危険にさらす、絶えざる生成変化の作用に身を投じることにほかならない。リルケは「レクイエム」の中で、パウラのまなざしは「これは私だ、とは言わず、これがある、とそう言った」（Ⅴ章）と詠う。「私になる」とは、つまり「これ」になるということだ。それは詩人がセザンヌの「レアリザシオン」に見た、作品内部における調和と自足としての「物になること」を、女友だちの絵にも認めたということなのかもしれない。いずれにしても、パウラは形態と色彩の新たな探求を、ポスト印象派のセザンヌ、ゴーギャン、ファン・ゴッホ、ドニ、税関吏ルソー、そしてプロト・キュビスムの作品を通して行い、一九〇六年から一九〇七年にかけて、独自の裸体自画像——一人称の人生——を創出する。それはまた、ダリュセックも挙げるクリムトの《希望》とも、同年のピカソによる《アヴィニヨンの娘たち》とも異なる、女性の身体の提案だ。クリムトのように、男性に死をもたらす女性への恐怖を祓（はら）うために、過剰な装飾性を画面に与えたりはしない。ピカソのように、眼の形をしているというその形態的類似性によって伝統的に対立する顔と子宮（性器）をつなぎ、性器と化した顔に仮面を被せることで、絵画そのものを魔術化することもない。パウラは、彼ら男性画家による女性に対する魅惑と恐怖のまなざしが捉えた世界を相対化する。身体における最も高貴な顔と最も低俗な子宮の対立の解消を、妊娠した裸婦像の形でいとも容易く実現することによって、まったく異なる新たな女性の裸体を「いつも楽しそうに」（Ⅴ章）美術史に登場させるのである。

もうひとつ別のドイツ語／フランス語で書くこと——逃走線としての文体

パウラはこうして、女性裸体自画像（オートポルトレ）を通して、芸術家へと、女性へと生成変化する。その働きは、このオートフィクションの持つ「言葉が一人称の人生を作り上げる試み」によって支持され、増幅される。そう、『ここにあることの輝き』は、新たな「私」と同時に、新たな言語を創造してもいるのだ。それは引用と翻訳の作用によってもたらされる。

本書において質量ともに最も重要な位置を占めているのは、パウラの手紙と日記を除けば、言うまでもなくリルケの作品群である。詩（『ドゥイノの悲歌』「ある女友だちのためのレクイエム」）、小説（『マルテの手記』）、日記（『ヴォルプスヴェーデ日記』『ヴェスターヴェーデ日記』）、手紙、評論など。それはもちろん、リルケが「諸言語の間を旅する」（Ⅱ章）すぐれた表現者であるからだ。だが、もっと大事なのは、彼が「ドイツ語をもうひとつ別のドイツ語に翻訳」し、「ドイツ語を、ほかの所へ運んで救」（Ⅱ章）ったからである。パウラのドイツは二つの世界大戦を経て、同じドイツではなくなってしまう。パウラの作品も退廃芸術（エントアルテテ）の烙印を押される。では、リルケが「ドイツ語をもうひとつ別のドイツ語に翻訳」するとは、どういうことなのだろうか。

それはもうひとりの「別のドイツ語」の実践者、パウル・ツェランの『死のフーガ』の引用によって明らかにされる。パウラとクララが搾るヤギの「黒いミルク」（Ⅱ章）がツェランの詩篇へと跳び、長い引用が差し挟まれるのは唐突に思えるかもしれない。ただし、ダリュセックはすでに『警察調書』で、彼女自身もそうであった「剽窃」の告発を受けた文学者のひとりとして、ツェランと『死のフーガ』を詳細に分析している。そしてこのパウラの物語では、詩人は「剽窃」というよりは、「マイナー言語」としてのルーマニアのドイツ語を使って「もうひとつ別のドイツ語」による作品を産み出し、アウシュヴィッツの「記憶」を保持し、特徴的な「君」への呼びかけを創造した点で参照されていると考えられる。ツェランのごとく、プラハ出身のリルケは「もうひとつ別の」マイナーな「ドイツ語」で詩を書き、パウラの「記憶」を保持する「レクイエム」では、ついに彼女に「君」と呼びかける。

もちろん、『ここにあることの輝き』はフランス語の小説であり、リルケもツェランも（またゼーバルトの『移民たち』も）フランス語に翻訳されて引用される。とはいえ、リルケとパウラの言葉はしばしばドイツ語のままにされており、フランス語の支配的な現前を攪乱する。この観点から極めて興味深いのは、一九〇五年にパウラがオットーに宛ててパリから最初に書いた手紙だ。彼女は戯れに詩を詠む。その詩は、「半ばフランス語まじり」のドイツ語だ。なるほどフランス語には文法的な間違いがある。だが、それは問題ではない。とりわけ二つの詩句、「キスを数えきれないほど（デ・ベゼー・ゾンダー・ツァール）」と「私は思う、おばさんのペットのことを（ジュ・パンス・アン・ダス・タンテンゲティーア）」（Ⅳ章）における二言語の混交ぶり、それが見せる「輝き」はどうだろうか。この異種混交的な言語の創造こそ、この小説におけるパウラの「楽し気な」芸術的創造の、もうひとつの頂点をなすだろう。彼女の言語遊戯は入れ子構造をなしており、小説全体の言語による試み、文体の創出を照らし出す。

マルセル・プルーストによれば、「美しい書物は一種の外国語で書かれている」。ジル・ドゥルーズ（とクレール・パルネ）はこの言葉を文体の定義として引用し、「自分自身の言語（ラング）において外国人のようであること」の必要性を説く（『ディアローグ』）。ダリュセックの文体とは、まさにドゥルーズ的な「マイナー言語」としてのフランス語、逃走線にほかならないのではないだろうか。ダリュセック自身は、「動物になること」や「リゾーム」的特徴を持つ自分の作品についてこう述べている。「私は、自分がドゥルーズ的な作家だというより、ドゥルーズが、私が読み書きを始めるより前に私を読んだのであり、私が生まれるより前に私を書いたのだ、と感じた」（『警察調書』）。ドゥルーズによって前未来的な時制で書かれる小説家？　いずれにしても、本書も動物への変身には事欠かない。ヴォルプスヴェーデはハンメ川を中心に大ムカデになる。オットーは卵嚢を持ち運ぶクモに生成変化する。そしてパウラのまなざしは、小説の最後で彼女のネックレスの琥珀に宿る記憶のミツバチになる。だから、『ここにあることの輝き』は、リルケとツェランがドイツ語に逃走線――「子午線」（Ⅱ章）――を引くようにして、フランス語を「変身」させるのである。

前衛（アヴァンギャルド）の横断線――トランスギャルド叢書

パウラをめぐってダリュセックが小説を書くとは、どういうことなのか。女性画家は、確かにさまざまな「新しい」芸術を経験してきた。ユーゲントシュティールの運動に刺激を受け、ヴォルプスヴェーデ派の中に身を置き、次いでフランスの革新的なポスト印象派からキュビスムの流れに触れ、そして彼女自身もドイツ表現主義の先駆的表現を行ったとされるようになる。だが、

「新しさ」や「先駆的であること」は今日、もはや手放しで評価されるべき何かではない。芸術創造活動はとりわけ十九世紀後半以降、前衛（アヴァンギャルド）な価値が重要視されるようになった。「前衛」とは、「新しさ」の創出に絶対的な意義を見出すことである。それは、フランスで一八八〇年頃に登場する概念で、それまでサン＝シモン主義的な「社会の進歩に役立つ」を意味していた「前衛的」の語が、「自分自身の時代に先行する」という意味に変化することによって誕生する。マネと印象派の画家たちからポスト印象派へと移行する時期に出現した語彙であり、流派の名前として前面に押し出されるのは、それから三十年以上経った「ロシア・アヴァンギャルド」においてである。

十九世紀後半における「前衛」概念の登場から二十世紀前半のいわゆるアヴァンギャルド芸術の展開は、その「前衛」性を自明のものとしていたのでは、いつまでもその実態と本質に迫ることはできないだろう。したがって、パウラを「新しさ」や「先駆的であること」とは別の観点から捉えることが必要になる。『ここにあることの輝き』をひとつの画家小説とみなすならば、その立ち位置は明瞭であろう。ダリュセックはエミール・ゾラの著名な画家小説『制作』を参照しながら、「前衛」を、それを単純に肯定する前衛主義からずらして見せる。

『制作』の主人公、画家クロードによるクリスティーヌの裸体の否定的な性格づけへの言及、またマネの《オランピア》が授乳する様子など「想像できるだろうか」という問いかけ（V章）によって、本書は、ゾラが「一八七九年のサロン」で歴史上初めて示した、マネのかつての女性裸体画が惹き起こしたスキャンダルに「新しさ」の根拠を見出す前衛主義的芸術理解から、距離を取る。また、パウラが過ごした二十世紀初頭のパリでは、一九〇五年と一九〇七年のサロン・ドートンヌにおいて複雑な事態が起きていた。前者においては、マティスらフォーヴィスムの出現ばかりでなく、マネを古典として認定し、反対にアカデミズム絵画の巨匠であったアングルをキュビスム的前衛として再発見することが行われた。後者では、セザンヌばかりでなく、マネの弟子であった女性画家モリゾやゴンザレスの回顧展も開催された。さらに、一九一九年にパウラの最初のモノグラフィーを刊行することになるグスタフ・パウリが、マネの《草上の昼食》(ゾラの画家クロードによる《外光》のモデル)の源泉がラファエロの《パリスの審判》であることを突き止めるのは一九〇八年のことだ。したがって、「前衛」を前衛主義の観点から単純に肯定するのではなく、一方では「古典」との関係において、他方ではジェンダーの観点からそれを再規定することが求められるのである。

「新しさ」の追求に積極的な価値が置かれた前衛(アヴァンギャルド)を問い直すという意味で「トランスギャルド」という語を創出し、ダリュセックの小説から始まるシリーズを提案する。「トランスギャルド」は「前衛」から「前衛」へという無限の運動とも読めるが、またかつて「新しさ」とされたものの中に隠れていた本質を、前後を無効にする横断性(トランスヴェルサリテ)において歴史的に考察するということでもある。

トランスギャルド叢書には、このほかにもいくつかの特徴がある。それはひとつには、国家と言語の統一体としてのナショナルなものを再定義することである。作品のテーマが一国にとどまるものではなく、国境を越える活動を展開した芸術家を対象とする、トランスナショナルな性格を有する書物を扱う。さらには、文学作品を中心とするものの、それにはとどまらない芸術ジャンル横断的であることにある。言語表現を経由するが、美術や映画などの視覚イメージ、音楽や音声メディア、ダンスなどの舞台芸術という、多様な領域と関わる活動を行った芸術家を取り上げる。そして、最後の特徴として、男性芸術家中心に作り上げられてきた芸術運動の歴史を再考し、女性や性的マイノリティなどを含めた、より広いジェンダー的な観点から芸術運動を再規定する。

本書、『ここにあることの輝き』は、まさに本シリーズを開始するにふさわしい作品であることが分かるだろう。トランスギャルド叢書は、フランス、ドイツから始まって、ロシア、イタリアを経由し、順次ヨーロッパの全域とアメリカ大陸へと展開していく予定である。

＊

オヴィディウスからジョイス、ウルフからボールドウィンの翻訳までするダリュセックの小説をどのように日本語にするか。『自分ひとりの部屋』への「序文」で彼女自身が述べるように、翻訳においては文章の意味だけでなく、それが持つ音楽、音、リズムも大事だし、何より原著者の文体、エクリチュールの独自性を平板なものにしてはならない。したがって、本書の日本語訳においては、説明は極力避け、フランス語の表現をできる限り尊重した。そのため日本語として多少無理なところがあるかもしれないが、そこはご容赦いただければと思う。ダリュセックの文体は、短い文章、ときには単語一語だけ、の積み重ねがほとんどであり、そこに、ときにひじょうに長い文章が挿入される。「そして（Et あるいは…et）」が多用され、それが独特なリズムを生み出す。思わず息をのむような描写もある。自在に活用される自由間接話法の訳出には苦労したが、なるべく登場人物たちが直接話しかけている感じを出した。詩でも散文でも押韻を明示したほうがよい場合には、ルビを振った。ポップミュージック好きのダリュセックが「ラッパー風に」と言うところの文章の流れ（フロウ）が、こうしたやり方で十分に日本語となったかどうかは分からない。その当否は、読者のみなさんのご判断に委ねたい。

　引用文献のうち日本語訳のあるものは、訳出にあたって参考にさせていただいた。特に、リルケは河出書房新社版『リルケ全集』（『ドゥイノの悲歌』、第四巻、小林栄三郎訳、一九九一年／「ある女友だちのために」、第三巻、田口義弘訳、一九九〇年）を、ツェランは『パウル・ツェラン全詩集』（改訂新版、第I巻、中村朝子訳、二〇一二年、青土社）を、ゼーバルトはW・G・ゼーバルト『移民たち』（鈴木仁子訳、二〇〇五年、白水社）を、それぞれ参照した。ただし、本書におけるフランス語訳に合わせて、日本語訳に適宜変更を加えた。

　本書は、訳者が二〇一八年秋にルーヴル美術館内の書店を訪れた際、偶然手に取り、ホテルに帰って読み始めたところ、あまりの面白さに一気に読破してしまった作品である。ダリュセックの小説は以前からいくつか読んでいたが、自分が同時代の、しかもほぼ同年齢の作家が書いたフランス文学作品を翻訳することになろうとは思っていなかったので、貴重な機会をくださった東京外国語大学出版会にはお礼の言葉もない。それればかりか、なぜか偶然が重なって、出版会の新たな欧米諸言語による文学シリーズを本書から開始する運びとなり、また日本における海外文学翻訳紹介の一大拠点である本学の一五〇周年事業の一環として本シリーズが刊行される、その幸運に驚いている。企画の提案をご快諾いただいた当時の出版会編集長、岩崎稔先生と、それを引き継いで企画を導いていただいた現編集長の久野量一先生、それから叢書の二冊目をご提案いただき、本シリーズ誕生のきっかけを与えて下さった西岡あかね先生には、感謝申し上げる。

翻訳にあたっては何人かの研究者の方々から貴重なご協力をいただいた。ドイツ語については全般的に、山口裕之先生からひじょうに詳しくご教示をいただいた。また、ナチ／ナチスの使い分けに関しては小野寺拓也先生、ロシア人名に関しては前田和泉先生、ポーランド語の地名に関しては森田耕司先生から、ありがたいご助言をいただいた。またここでお名前は挙げないがお力添えいただいたすべての方に厚くお礼申し上げる。

そして、いつもながら妻の由紀子にはフランス語についての質問に快く答えてもらい、訳文のチェックに付き合ってもらった。今回はダリュセックが彼女の好きな小説家ということもあり、流れ（フロウ）が感じられる文体になるまで一緒に文章を練り上げた。そこに音楽があるとすれば、それは彼女のおかげでもある。いつにも増してお礼を言います。

最後に、編集者の大内宏信さんをはじめ、同じく小田原澪さん、スタッフの石川偉子さんには、本書と本叢書の企画立案から度重なる校正、そして図版まで、終始大変お世話になった。記して、感謝したい。

二〇二三年八月、武蔵境にて

荒原邦博

マリー・ダリュセック
（Marie Darrieussecq）

1969年、フランス南西部バイヨンヌ生まれ。パリ高等師範学校卒業。
1997年、ペレック、ドゥブロフスキーなど、4人の小説家における
オートフィクションを分析した博士論文で学位を取得。
その前年、1996年に小説『めす豚ものがたり』でデビューすると、
「サガン以来の大物新人」として注目を集め、30か国語以上に翻訳された。
女性人物を中心に据えて文化的な紋切型を問い直す
アフォリズム形式の試み『あかちゃん』（2002年）、
自身が受けた「剽窃」の告発体験をふまえて引用という
本質的行為に迫る文学論『警察調書』（2010年）を経て、
『待つ女』（2013年）でメディシス賞を受賞。10編をこえる小説作品のほか、
ヴァージニア・ウルフ『自分ひとりの部屋』のフランス語訳（2016年）、
演劇やラジオ番組の制作など、その活躍は多岐にわたる。

荒原邦博
（あらはら・くにひろ）

東京外国語大学大学院教授。専門は近現代フランス文学、美術批評研究。
著書に、『プルースト、美術批評と横断線』（左右社、二〇一三年）、
共著に、『ジュール・ヴェルヌとフィクションの冒険者たち』（水声社、二〇二一年）、
『アンドレ・マルローと現代』（上智大学出版、二〇二一年）、
『プルーストと芸術』（水声社、二〇二二年）、
翻訳に、ヴェルヌ『蒸気で動く家』、
『ハテラス船長の航海と冒険』（インスクリプト、二〇一七年、二〇二一年）、
ミシェル・ビュトール『レペルトワールⅠ・Ⅱ・Ⅲ』（共訳、幻戯書房、二〇二一年、
二〇二三年）などがある。

口絵一覧

《六回目の結婚記念日の自画像》
パリ、1906年5月、101.8×70.2cm、ベトヒャーシュトラーセ美術コレクション／パウラ・モーダーゾーン＝ベッカー美術館蔵

《胸の前で指を広げる少女の肖像》
ヴォルプスヴェーデ、1905年、41.0×33.0cm、フォン・デア・ハイト美術館蔵

《横たわる母と子》
パリ、1906年、82.5×124.7cm、ベトヒャーシュトラーセ美術コレクション／パウラ・モーダーゾーン＝ベッカー美術館蔵

《ライナー・マリア・リルケの肖像》
パリ、1906年5/6月、32.3×25.4cm、個人蔵

※画像はウィキメディア・コモンズより

トランスギャルド叢書
ここにあることの輝き　パウラ・M・ベッカーの生涯
二〇二三年一一月一七日　初版第一刷発行
著者……………マリー・ダリュセック
訳者……………荒原邦博
発行者…………林 佳世子
発行所…………東京外国語大学出版会
〒一八三―八五三四　東京都府中市朝日町三―一一―一
電話番号　〇四二(三三〇)五五五九
FAX番号　〇四二(三三〇)五一九九
e-mail　tufspub@tufs.ac.jp
装釘者…………宗利淳一＋齋藤久美子
印刷・製本……シナノ印刷株式会社

Printed in Japan
ISBN978-4-910635-06-4